텀블러 장편소설
FUSION FANTASTIC STORY

현대
천마록

현대 천마록 10

텀블러 장편소설

초판 1쇄 찍은 날 § 2017년 3월 27일
초판 1쇄 펴낸 날 § 2017년 4월 3일

지은이 § 텀블러
펴낸이 § 서경석

편집책임 § 최지원

펴낸곳 § 도서출판 청어람
등록번호 § 제387-1999-000006호
등록일자 § 1999. 5. 31
어람번호 § 제1-2665호

주소 § 경기도 부천시 부일로 483번길 40 서경B/D 3F (우) 14640
전화 § 032-656-4452 팩스 § 032-656-4453
http://www.chungeoram.com
E-mail § chungeorambook@daum.net

ISBN 979-11-04-91250-4 04810
ISBN 979-11-04-90912-2 (세트)

텀블러 장편소설

FUSION FANTASTIC STORY

[완결]

10

현대천마록

도서출판 청어람

차례

C O N T E N T S

제1장

하이잭킹

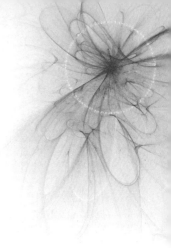

　광명그룹 회장과 이사진이 광명시 인근 펜션으로 모여들고 있다.

　명단을 손에 든 화수는 이사진 중에서 이곳으로 오지 않은 사람들의 이름을 거론하였다.

　"재무이사 이정팔 이사님, 광명물산 대표이사 최석홍 이사님, 광명리조트 대표이사 정회명 이사님이 안 오셨군요."

　"음……."

　이곳으로 모여든 이사진도 누가 자신과 뜻을 함께하는 동지인지 잘 모르고 있었다.

화수는 보안을 위하여 개개인에게 연락을 취하였기 때문에 동행이라는 것은 있을 수가 없었다.

고로, 이곳에 모인 사람들은 자신 말고 다른 사람이 이곳에 온다는 사실을 모르고 있었다.

대부분 그룹의 중역으로 있는 사람들이지만 새롭게 추대될 회장에 대한 지지 선언을 중립으로 유지하고 있었다.

사실 최근까지 강제를 대놓고 지지하던 사람들 역시 부회장의 끄나풀이었음으로 그들이 지지자라는 것은 잘못된 사실이다.

이것은 무려 국정원 대내공작부에서 한 달간 밀착 조사를 하여 간신히 알아낸 사실이기에 신뢰도가 높았다.

이곳에 모인 사람들 모두는 서로가 전 회장을 지지했다는 사실조차 모르고 있었다.

광명그룹 전 총괄이사이자 현 구조조정본부 기업혁신팀장 박성구 이사는 이곳에 모인 다섯 명에게 의외라는 듯이 말했다.

"겉으로는 모두 부회장을 지지하는 것 같더니 속으론 그렇지 않은 모양이군요."

"연기하고 사는 것이 힘들었습니다."

"알아요. 그렇게 연기하지 않았다면 지금쯤 이미 죽은 목숨이 되었을 겁니다. 최강유 총괄이사처럼 말입니다."

"그래요."

이들은 강유가 사라졌을 때 이미 그것이 누구의 소행인지 너무나도 잘 알고 있었다.

강유가 사라져 이득을 볼 사람이 누구인지 생각해 보면 그것은 아주 손쉽게 예상이 가능한 부분이다.

화수는 남은 네 사람의 행방에 대해 물었다.

"혹시 지금 오지 못한 네 사람의 행방에 대해 아는 사실이 있으면 말씀해 주시겠습니까?"

"으음, 워낙 회사 밖에선 두문불출하는 사람들이라 우리도 그 사람들의 행방에 대해선 잘 모릅니다."

"하지만 늦어도 너무 늦는데."

오늘 밤에 이곳 광명에서 출발하여 스위스까지 가는 비행기에 오르는 것이 정식 스케줄이지만 아무래도 남은 네 사람은 제 시간이 도착할 수 없는 모양이다.

김예린은 화수에게 남은 네 사람의 행방에 대해 보고하였다.

"대장님, 지금 막 그들의 행방에 대한 소식이 들려왔습니다."

"어디에 있다고 하는가?"

"이정팔 이사는 태안의 바닷가 펜션에 있는 것으로 확인됩니다."

"갑자기 펜션에?"

"예, 그렇습니다. 그리고 나머지 사람은 광명물산 창고에 있는 것으로 확인됩니다."

"창고?"

"모두 공식 스케줄은 전부 취소한 상태인데, 핸드폰 위치추적 결과론 그렇게 표시되고 있답니다."

"흐음, 이것 참 요상한 상황이로군."

"어쩌면 좋겠습니까?"

화수는 김예린에게 여섯 명의 요인을 데리고 스위스로 먼저 출발할 것을 지시하였다.

"자네는 최산용 중령과 함께 스위스로 출발하게. 내가 나머지 대원들과 함께 그들을 찾아보겠네."

"예, 알겠습니다."

화수는 먼저 전술 비행기를 보내고 차를 타고 흩어져 그들을 찾아보기로 했다.

*　　　　*　　　　*

독일 프랑크푸르트로 향하는 한국항공 A0190—8 비행기가 티케팅을 시작했다.

늦은 밤에 떠나는 비행기를 타기 위해 줄을 선 사람들은 각자 설레는 마음과 피곤함을 안고 여행사 직원에게 티켓을 건넸다.

철컥!

티켓을 확인하고 개찰기로 인원을 확인한 직원들은 친절하게 손님들을 비행기 안으로 안내하였다.

검은색 야구 모자를 쓴 한 소녀가 티켓을 내밀자 직원이 모자를 벗을 것을 요구하였다.

"손님, 모자를 좀 벗어주시겠습니까?"

"…꼭 그래야 하나요?"

"규정상 비행기를 타기 전에 얼굴을 확인해야 하거든요. 죄송합니다만 좀 부탁드리겠습니다."

"알겠어요."

그녀가 모자를 벗자 흉측하게 잘려 나간 머리카락 사이로 덕지덕지 앉은 딱지가 그 모습을 드러냈다.

승무원들은 당혹스러운 마음을 감출 길이 없었다.

"죄, 죄송합니다!"

"…알면 좀 눈치껏 행동하세요."

"정말 죄송합니다!"

연신 고개를 숙인 승무원들이 그녀를 퍼스트클래스석으로 안내했다.

"저를 따라오시지요. 안내하겠습니다."

"그래요."

기분이 나쁠 만도 한 일이었지만 소녀는 그다지 큰 감흥이 없는 것 같았다.

터덜터덜 걸어 승무원을 따라간 그녀는 대충 의자에 몸을 눕혔다.

"후우."

"오래 주무실 것이라면 안대와 귀마개, 두꺼운 오리털 이불을 드리겠습니다."

"아니요, 잠은 안 잡니다."

"비행간에 기내식이 제공됩니다. 기내식은 A형과 B형, C형으로 이뤄져 있습니다. 팸플릿을 참조하시면……."

그녀는 귀찮다는 듯 승무원들을 힐끗 째려보며 말했다.

"이 동네 승무원들은 원래 이렇게 눈치가 없어요? 그냥 좀 가만히 내버려 두면 안 될까요?"

"죄, 죄송합니다!"

"밥은 내가 알아서 달라고 할 테니까 좀 가세요. 그리고 어지간하면 나를 부르지 말아요."

"예, 알겠습니다."

상당히 신경이 곤두선 듯한 그녀의 행동에 승무원들은 머쓱한 표정으로 물러섰다.

그녀는 승무원들이 떠나간 이후에도 이를 악물거나 손톱

을 물어뜯으며 좀처럼 화를 삭이지 못했다.

딱, 딱.

"제기랄, 제기랄!"

혼자서 욕지거리를 읊조리는 모습에서 그녀가 얼마나 신경이 곤두서 있는지 충분히 알 수 있었다.

아마 방금 전 그 상황이 그녀를 화나게 한 것이 틀림없을 테지만 그렇다고 지금의 이 행동을 설명할 수는 없었다.

잠시 후, 그녀의 곁으로 말끔한 정장을 입은 사내가 지나가다가 무심결에 어깨를 부딪쳤다.

"어이쿠, 죄송합니다."

"…그냥 가세요."

"괜찮아요? 기분이 많이 언짢은 것 같은데, 괜찮으시다면 제가 어떤 식으로든 보상을 하고 싶습니다만."

"어깨를 부딪친 것뿐인데 무슨 보상을……"

철컥!

정장을 빼입은 남자가 순식간에 포켓에서 권총을 뽑아 들어 그녀의 관자놀이를 겨누었다.

"허, 허억!"

"…내가 경고했을 것이다. 네가 어디를 가든 나를 피할 수는 없을 것이라고."

남자가 턱 부근을 힘껏 잡아 뜯자 얼굴이 한 꺼풀 벗겨지면서 흉측하게 일그러진 본모습이 나타났다.

나병으로 일그러진 그의 얼굴은 이미 형체를 알아볼 수 없을 정도로 무너져 있었다.

만약 그를 어려서부터 알고 지낸 사람이 나타난다고 해도 그 모습은 확실히 알아볼 수 없을 정도였다.

그러나 소녀는 꿈에서도 그를 잊을 수 없는 사람이었다.

그녀는 자리에서 벌떡 일어나 그의 앞에 털썩 무릎을 꿇었다.

쿵!

"죄, 죄송합니다! 다시는 이런 일이……."

"…없을 것이라는 소리는 벌써 골백번도 넘게 하였다."

"그, 그건……."

"나는 이미 너에게 수많은 기회를 주었다. 그때마다 합당한 벌을 주었다만, 아무래도 너는 그 벌이 아주 간단하게 생각된 모양이다."

소녀는 좌우로 고개를 마구 흔들었다.

"아닙니다! 절대로 아닙니다!"

"그렇다면 나에게 이토록 지독하게 반항하는 이유가 뭐야?"

"자유… 그냥 자유가 필요했을 뿐입니다!"

나병의 사내는 이제 거의 형태만 남은 코를 찡긋거리며 웃었다.

"클클, 자유라……. 아주 달콤한 말이지. 하지만 자유라는 것은 허상에 불과하다. 인간은 영원히 구속에서 벗어날 수 없어. 그것이 돈 때문이든 사랑 때문이든 야망 때문이든 간에 말이다."

"……."

"스스로 자유를 갈구하는 사람은 그만한 대가를 지불해야 한다."

스룽!

그는 소녀에게 단검을 꺼내어 내밀었다.

"목숨을 끊는다면 자유를 주마. 깔끔한 죽음, 그것이 내가 너에게 줄 수 있는 유일한 자유다."

"정녕 죽음 말고는 당신과 내가 멀어질 수 있는 길이 없는 겁니까?"

"물론이다. 네가 태어나 나에게 온 그 시간부터 우리는 이미 한 몸이나 마찬가지였다. 그리고 지금도 그렇고 앞으로도 쭉 그럴 것이다. 네가 나에게서 자유로워질 수 있는 수단은 오로지 죽음, 그 하나뿐이다."

"……."

"멍청한 짓을 할 바엔 그냥 죽는 것도 나쁘지는 않다. 어때? 죽을 텐가?"

"너무하는군요."

"이 또한 사랑이다."

"집착은 사랑이 아니라고요."

"아니, 그 또한 사랑이야. 나는 너를 죽도록 사랑한다."

바로 그때, 그녀의 곁으로 한 무리의 남자들이 다가왔다.

그들은 경찰 배지를 내밀었다.

"경찰입니다. 신분증 좀 보여주시지요."

"무슨 일이신데요?"

"인터폴에서 보내온 지명수배 명단에 있는 사진과 아가씨가 정확하게 일치해서 말입니다."

"…저는 잘못한 일이 없는데요?"

"그래요, 그럴 수 있지요. 하지만 제보를 받은 이상 불심검문을 하지 않을 수가 없습니다. 만약 지금 협조하지 않는다면 일이 더 커질 겁니다. 어지간하면 신분증 보여주시고 끝내죠."

얼굴이 일그러진 남자는 신분증을 요구하는 경찰의 목덜미를 단도로 그어버렸다.

촤라락!

경찰의 경동맥이 끊어지면서 피가 분수처럼 솟아 사방을 모두 빨갛게 물들였다.

곁에 있던 승무원들이 혼비백산하여 물러섰다.

"꺄아아아악!"

"이런 미친 새끼가……?!"

경찰들이 일제히 권총을 뽑아 들었다.

철컥!

"움직이지 마! 움직이면 쏜다!"

"큭큭, 쏠 배짱이나 있고 그딴 소리를 지껄이는가?"

"경고했다! 손들어! 움직이면 쏜다!"

"크하하하하!"

맨 뒷줄에 있던 형사가 무전기로 공항 경비대를 호출하였다.

"여기는 작전지역 브라보, 알파소대 투입 바람! 용의자가 형사 한 명을 사살하였다!"

—입감. 5분 내로 투입하겠다.

경찰들이 거칠게 사내를 몰아붙였다.

"더 이상 저항하면 발포하겠다! 마지막 경고다!"

"큭큭, 쏴봐!"

그는 권총을 뽑아 들었고, 경찰들은 그 타이밍에 맞춰 방아쇠를 당겼다.

타앙!

탄환이 날아가 남자의 허벅지와 어깨를 스치고 지나갔다.

서걱!

"크흐윽!"

"다시 한 번 경고한다! 손들어! 투항 의지만 있다면 더 이상 일은 커지지 않는다!"

"지랄, 아주 똥을 싸라!"

"젠장, 어쩔 수 없는 건가?"

남자는 또다시 권총을 들어 올렸다.

똑, 똑.

그의 어깨를 타고 흘러내린 피가 총 끝에 매달려 아슬아슬하게 외줄 타기를 했다.

그 핏방울이 떨어지기 전에 또다시 경찰들의 탄환이 날아들었다.

타앙!

그렇지만 사내 역시 가만있지만은 않았다.

탕!

그가 쏜 탄환이 경찰의 목덜미를 스치고 지나갔다. 하지만 그는 또다시 허벅지를 얻어맞고 말았다.

"쿨럭쿨럭!"

"김 형사!"

"저런 개자식을 보았나?!"

사내가 또다시 권총을 들어 올렸다.

스으윽.

마치 좀비처럼 맞아도 맞아도 끝까지 저항하는 그의 뚝심은 정말이지 놀라울 정도로 대단하였다.

형사들은 더 이상 지켜볼 수만은 없다고 판단하였다.

"지금부터 우리는 네놈을 죽이기 위해 총을 쏜다. 마지막으로 묻는다. 투항할 생각이 있나?"

"큭큭, 그럴 생각이었다면 벌써 두 손 들고 나갔겠지. 하지만 우리는 그럴 생각이 전혀 없다."

"우리?"

잠시 후, 사내의 몸에서 열다섯 개의 촉수가 뻗어 나와 경찰들을 순식간에 쓸어버렸다.

휘리리리릭!

반투명한 촉수에는 날카로운 이빨과 빨판이 달려 있었는데 사람의 체액을 쭉쭉 빨아먹고 가죽과 뼈만 남기는 역할을 했다.

턱!

얼굴과 목덜미 등등을 붙잡힌 경찰들은 채 5초도 되지 않아 사람 손바닥만 한 덩어리로 변해 버렸다.

슈가가가가각!

형사들이 이 지경에 이르고 있으니 승무원들은 거의 패닉에 빠지고 말았다.

"이, 이걸 어쩌지?"

"큭큭, 어쩌긴, 어서 비행기를 띄워야지!"

그는 승무원들을 구석으로 내몰며 외쳤다.

"지금 당장 비행기를 띄우지 않으면 네놈들을 다 죽일 것이다!"

─지, 진정하십시오! 저는 기장입니다! 그렇게 소란을 피우
시면 이륙이 불가합니다! 그러니…….

"닥쳐! 큭큭, 내가 신이다! 내가 바로 이 세상의 신이란 말이
다! 신의 말을 듣지 않겠다는 것은 애초에 살고 싶은 생각이
없다는 것으로 알겠다!"

기장은 어쩔 수 없이 비행기를 이륙시키기로 했다.

─우리 비행기, 이륙합니다.

"큭큭, 그래, 당연히 그래야지."

비행기가 이륙하고 난 후 남자는 의자에 걸터앉아 술을 요
구하였다.

"맥주 한잔 가지고 와!"

"예, 알겠습니다."

마치 왕이 된 것처럼 거들먹거리는 그에게 소녀가 물었다.

"…정말 이러는 이유가 뭐야?"

"내가 원하는 것은 너뿐이다. 다른 이유는 없어."

"제기랄, 그게 아니잖아! 내가 해킹한 프로그램 때문에 이러
는 것 아니야!"

사내는 다소 날카로운 눈빛을 했다.

"그딴 기술쯤이야 너 말고도 습득 가능한 해커들이 줄을
섰다. 착각하지 말았으면 좋겠군."

"…미치겠네."

"큭큭, 아무튼 우리가 이렇게 오붓하게 앉은 것도 오랜만인데 건배나 하자고."

"싫어."

"싫다면 나 혼자 하지, 뭐."

그녀는 질색하며 그를 바라보았지만 정작 사내는 이 상황이 너무나도 즐거운 모양이다.

*   *   *

이른 새벽, 성희가 출근 준비를 서두르고 있다.

부스럭부스럭.

야차 중대의 내무실로 거처를 옮긴 성희는 지수, 희수 자매와 같은 생활관에서 기거하는 중이다.

화수가 사용하는 중대장 집무실과 생활관을 연결시켜 세 사람이 사용하는 데 충분한 크기로 개량한 것이다.

"우웅, 언니."

"어머나, 저 때문에 깼어요?"

"아니요. 원래 제가 이 시간만 되면 일어나요. 습관이 돼서요."

성희는 행여나 자신 때문에 희수가 깬 것은 아닌가 싶어 조금 어색한 미소를 지었다.

하지만 희수는 정말 별일 아니라는 듯이 그녀를 바라보았다.

"그나저나 무슨 출근이 이렇게 빨라요? 너무 이른 것 아니에요?"

"지금 속보가 터졌대요. 그래서 지방 방송국에서도 정규 방송을 접고 곧장 뉴스 속보를 전해야 한대요."

"지금 이 사태보다 더 심각한 일이 있다고요?"

성희는 씁쓸하게 웃었다.

"사람들은 우리가 납치 위협을 받고 있다는 것을 모르잖아요."

"아아, 그건 그렇군요."

"아마 이것을 공론화하게 된다면 언론이 우리에게 집중할 수밖에 없겠죠. 하지만 그것도 나름대로 고충이니 이 생활도 아주 나쁘다곤 생각하지 말자고요."

"그래요. 그렇게 생각하기로 해요."

희수와 성희가 막간을 이용해 대화를 나누고 있는데 지수가 잠에서 깼다.

"성희 씨, 벌써 일어났어요?"

"언니, 죄송해요. 저 때문에 깨셨어요?"

"에이, 무슨 그런 소리가 다 있어요?"

자리에서 일어난 지수가 두 사람을 취사장으로 이끌었다.

"기왕지사 같이 일어난 김에 아침이나 먹어요. 우리 집은 어지간하면 제일 먼저 일어난 사람의 시간에 맞춰서 밥을 먹거든요."

"그럼 너무 죄송한데……."

"집안 내력이에요. 너무 미안해할 필요 없어요. 그리고 앞으론 한 가족이 될 텐데 이런 것으로 너무 내외하진 말자고요."

"네, 언니."

세 여자가 취사장으로 내려가는데 저 멀리서 한 꼬마 아이가 기둥 뒤로 숨어 그곳을 빤히 쳐다보고 있다.

성희는 고개를 돌려 대략 5~6세쯤 되어 보이는 아이를 불렀다.

"애, 꼬마야, 엄마는 어디 가고 이곳에 혼자 있니?"

"엄마는 자요."

"그럼 아빠는?"

"아빠는 없어요."

"아아……."

"삼촌이 이곳에서 대장님 말씀 잘 듣고 있으라고 했어요."

야차 중대는 광명그룹 친 회장과 이사진과 함께 그 가족들 역시 피신시켰다.

제네시스 스쿼드의 중심부를 타격하는 일이니만큼 그 가족들도 피해를 받을 수 있겠다는 판단 때문이었다.

덕분에 야차 중대의 중대본부에서 지내게 된 가족들은 서로 도우면서 당분간 살아가게 된 것이다.

성희는 아이의 삼촌에 대해 물었다.

"삼촌이 누구인데?"

"명사수래요."

"아아, 김태하 소령님이시구나?"

"맞아요!"

지수는 아이의 손을 잡았다.

"혹시 엄마 핸드폰 번호를 알고 있니?"

"네. 010—56**—67**이요!"

"그래, 그럼 엄마에게 문자메시지를 남겨놓고 같이 밥을 먹으러 가자꾸나."

"그래도 될까요?"

"물론이지. 배고프다고 하지 않았어?"

"네. 엄마가 갑자기 짐을 싸서 새벽에 이곳으로 오는 바람에 피곤한가 봐요. 엄마는 잘 때 깨우면 하루 종일 비틀거려요. 그래서 못 깨우고 배고파도 참았어요."

"저런."

세 여자는 꼬마 아이를 데리고 취사장으로 향했다.

취사장에는 적어도 1개월은 풍족하게 먹을 수 있는 식자재가 구비되어 있으며 일주일에 한 번씩 부식 재료가 도착하여 적재된다.

때문에 굳이 밖으로 나가지 않고도 식사를 할 수 있었다.

희수는 아이를 돌보고 지수와 성희가 아이도 잘 먹을 수 있을 만한 반찬과 국을 만들어냈다.

굴소스로 만든 소고기 볶음에 각종 나물무침을 만들어 식판에 담으니 꽤 먹음직스러운 밥상이 차려졌다.

아이가 함박웃음을 지었다.

"우와, 많다!"

"좋아하는 반찬이 있어?"

"콩나물이요!"

"그래, 다행이구나."

"소고기도 좋고, 콩나물도 좋고, 여기에 오기를 잘했어요."

"지하라서 답답하지 않아?"

"아니요. 신기한 것도 많고 맛있는 것도 많고."

"후후, 그렇다면 다행이고."

아이가 밥을 먹는 모습을 바라보는 성희의 눈빛이 사랑스러움으로 가득 차 있다.

지수는 그녀가 결혼할 때가 다 되었다는 것을 절감하였다.

"식을 올려야 하는데 때가 좋지 않아서 계속 이렇게 미뤄지고 있네요."

"아니에요. 5년 연애하고 결혼하는 사람들도 많은데요, 뭐."

"그렇지만 성희 씨는 화수와 같이 살고 있잖아요. 분명 집이 따로 있긴 하지만 이건 동거나 다름없다고요."

"그렇긴 하지만……."

"어서 식을 올려야 할 텐데……."

성희는 고개를 가로저었다.

"아니에요, 언니. 태하 씨가 부담스럽다면 전 결혼식은 하지 않아도 괜찮아요. 시기가 좋지 않다면 혼인신고만 해도 상관없고요. 실제로 요샌 그렇게 하는 커플도 꽤 있는 것 같고요."

"그렇지만 결혼식은 여자 인생에 있어서 단 한 번뿐인데……."

"무엇보다 남편의 내조가 우선이죠. 결혼식은 나중에 아이를 낳고 해도 상관없어요."

지수는 성희의 손을 꼭 잡았다.

"내가 대신 사과할게요. 당분간만 좀 참아줘요. 곧 안정될 것이니 그땐 성대하게 결혼식을 치러줄게요."

"고마워요, 언니."

"고맙긴, 이제 우리도 가족인데."

화수의 작전 때문에 한 지붕 아래에 살게 된 세 사람이지만 어쩌면 이 기회로 끈끈한 정을 쌓을 수도 있을 것 같았다.

*　　　*　　　*

러시아 화아트데나 호텔 클럽에선 밤이 깊도록 파티가 열리는 중이다.

쿵, 쿵, 쿵, 쾅, 쾅!

귓전을 마구 때리는 비트는 시간이 지날수록 더더욱 거세지고 격정적으로 변해가고 있었다.

그런 클럽의 DJ에게 쪽지 한 통이 도착하였다.

한창 믹싱 플레이에 빠져 있던 DJ는 미소를 띤 얼굴로 마이크를 잡았다.

"재밌게 노시는데 미안합니다."

"……?"

"다름이 아니고 어떤 호남이 대단한 부탁을 해왔습니다."

그는 손가락으로 스테이지 끝에 있는 동양인 남자를 가리키며 말했다.

"광명그룹의 최강제 이사가 오늘 이곳에 있는 사람들에게 최고급 보드카를 쏜답니다!"

"오오!"

"분무기로 마구 술을 뿌린다니 마실 사람들은 스테이지에 남으세요."

"와아아아아아아!"

클럽의 열기는 이전보다 훨씬 더 뜨거워져 거의 광란을 향해가는 중이다.

그런 가운데 클럽의 문이 열리며 5톤 트럭 두 대가 들어왔다.

부아아아아앙!

지하로 곧바로 들어오는 뒷문이 개방되면서 약간 쌀쌀한 바람이 들어왔으나 오히려 답답하던 공기가 순환되면서 사람들의 기분이 한결 나아졌다.

트럭은 클럽으로 들어서자마자 양쪽 윙바디 문을 열어 거대한 물총을 꺼내 들었다.

철컥!

"자, 쏩니다!"

"와아아아아아아!"

물총에는 40리터가량의 최고급 보드카가 들어 있어서 술이 거의 끊이지 않고 분사되었다.

촤아아아아아악!

클럽 파티에선 가끔 흥이 오른 부자들이 마구 돈을 쓰는 경우가 있는데, 광명그룹의 둘째 아들 정도면 이런 돈 자랑쯤은 별것 아니었다.

그러니 클럽에서도 재벌이 돈지랄하는 것을 오히려 반기는 눈치였다.

얼떨결에 술을 마구 받아 마시던 사람들에게 DJ가 외쳤다.

"자, 그럼 계속 달려봅시다!"

"와아아아아아!"

쿵쿵, 쾅쾅!

클럽이 떠나가라 소리를 지르는 사람들과 DJ의 음악이 앙상블을 이루어 지금 이곳은 거의 광란의 도가니로 달려가고 있었다.

제2장
요주의 인물

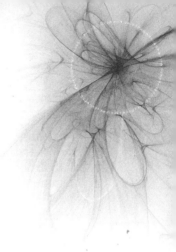

같은 시각, 두 번째 트럭에 타고 있던 남자들이 차량의 뒷문을 개방하여 나무로 된 상자 네 개를 꺼냈다.

쿠웅!

육중한 무게의 상자를 꺼낸 그들은 4인 1개 조로 상자를 들고 2층 VIP룸으로 향했다.

귓가에 무전기 이어마이크를 낀 그들은 긴밀한 대화를 나누면서 계단을 올랐다.

"중령, 거의 다 됐네."

─물건은 확실합니까? 제대로 보냈는지 모르겠습니다.

"뭐, 일단 뚜껑은 열어봐야 알겠지만 무게를 보아하니 제대로 된 것 같은데?"

―그럼 다행이고요.

"아무튼 간에 자네는 그곳에서 계속 시간을 끌어주게. 호응을 유도해야만 저놈들이 눈치를 못 챌 테니까."

―예, 알겠습니다.

강제는 강유에게 부탁하여 기관총과 탄약을 구하고 그것을 실을 수 있는 트럭까지 준비하였다.

트럭 두 대에는 각각 술과 탄약을 나누어 실어 사람들의 시선을 돌리고 강제가 사람들을 현혹시키면 경찰들이 신세훈을 직접 타격할 계획이다.

잠시 후, 신세훈이 들어 있을 것으로 예상되는 방 앞에 도착한 경찰들은 기관총을 꺼내고 소음기를 장착시켰다.

철컥!

총 여섯 대의 기관총을 장전한 경찰들은 2인 1개 조로 사격을 개시하였다.

"발사!"

펑펑펑펑펑!

기관총이 조용히 불을 뿜는 동안 강제는 더더욱 스테이지의 열기를 올려 나갔다.

"소리 질러!"

"와아아아아아아!"

강제는 유럽의 유명 브랜드에서 만든 향수와 버블을 섞어 술 대신 분사하였다.

그러자 사람들이 거의 정신을 잃고 소리를 지르며 클럽 파티에 젖어 들었다.

함성이 높아지면 높아질수록 경찰들의 공격은 더더욱 거세졌다.

"재장전!"

철컥!

두두두두두두두!

번갈아가며 재장전하는 그들의 연속 사격 탓에 룸은 거의 초토화되어 버렸다.

탄통을 여섯 개나 소모하고 나서야 사격을 잠시 멈춘 경찰들은 아주 조심스럽게 룸의 문을 열었다.

끼이이이익.

거의 넝마가 되어버린 문을 열고 들어가니 몽타주와 신상이 일치하는 남자와 그 부하들이 축 늘어진 채 피를 흘리고 있다.

"쿨럭쿨럭!"

"이놈들, 드디어 잡았다!"

"작전 성공입니다. 최강제 중령이 아니었다면 상상도 못 할 일입니다."

"후후, 그러게 말입니다. 생각보다 더 대단한 인물이 끼어든 것은 아닌지 모르겠어요."

이제 다 죽어가는 이 사람들을 호송하기만 하면 된다.

"여기는 작전팀, 의료진 투입 바람."

─잘 알겠다.

나름 진입로를 치우며 준비하는 경찰들에게 신세훈의 목소리가 들려왔다.

"으으……."

"이놈, 정신을 차렸구나."

"…뭐 하는 놈들이냐?"

"뭐 하는 놈들이긴, 네놈을 잡아서 감옥에 처넣을 놈들이지. 어서 한국으로 돌아가 재판을 받자."

신세훈이 실소를 흘리기 시작했다.

"후후, 나를 감옥에? 그게 가능할 것이라고 생각하나?"

"다 죽어가는 놈이 말이 많군. 그럼 불가능할 것이라고 생각하는 이유가 뭔가?"

"이유가 궁금한가?"

순간, 신세훈이 틀어져 있는 자신의 뼈를 다시 맞추기 시작했다.

뚜둑, 뚜두둑!

기관총의 파괴력 때문에 탈구된 뼈를 맞추고 부러진 뼈는 다시 이어 정상인처럼 되었다.

이제 그는 언제 총을 맞았냐는 듯 깔끔한 상태로 변해 버렸다.

"후우, 좀 낫군."

"허, 허억!"

"중국은 물론이고 러시아, 일본에서 내가 단 한 번도 총에 맞은 적이 없을 것 같은가? 천만의 말씀. 지금까지 난 총에 맞아 죽을 뻔한 적이 차마 손으로 셀 수 없을 정도이다. 그런데 나는 지금까지 죽지 않고 살아 있지. 그 비결이 무엇일 것 같은가?"

"제기랄! 저게 사람이야?!"

"큭큭, 그래, 나는 사람이 아니다. 아니, 우리는 사람이 아니지."

바닥에 쓰러져 있던 신세훈의 부하들 역시 만신창이가 된 몸을 순식간에 복구시켰다.

뚜두두두두둑!

"큭큭큭, 너희 같은 머저리들은 아마 이해하지 못하겠지만 나는 절대로 죽지 않는 불사의 몸을 가졌다. 이것은 고도의 하이테크놀로지가 만들어낸 산물이고."

경찰은 의료진에게 다급한 어투로 말했다.

"젠장! 여기는 작전팀! 의료진은 돌입을 멈추고 즉시 되돌아가라!"

―그게 무슨 소리인가?

"되돌아가! 어서!"

무전을 들은 강제 역시 질문을 해왔다.

―무슨 일이십니까? 돌입을 멈추라니요?

"강 중령, 자네도 도망쳐!"

―예?

신세훈과 10명의 부하는 도저히 믿을 수 없을 정도로 빠른 걸음으로 경찰을 향해 달려 나왔다.

스스스스스슥!

"허, 허억!"

"잘 가라."

퍼억!

맨손으로 사람의 턱을 부수어 버린 신세훈의 손이 머리를 관통하였다.

푸하아아아악!

사방으로 뇌수와 혈액이 튀어 올라 순식간에 주변이 아수라장으로 변해 버렸다.

신세훈의 선공에 이어 10명의 부하들도 아주 손쉽게 무장한 경찰들을 제압했다.

뚜두두둑, 퍼어억!

"크하하하!"

맨손으로 사람의 목을 뽑아서 죽이거나 복부를 찢어서 죽이는 등, 인간은 도저히 상상조차 할 수 없는 살해 장면이 연출되었다.

최지동은 이게 꿈인지 생시인지 가늠을 할 수 없었다.

'내가 지금 꿈을 꾸고 있는 것인가? 그것도 아니라면… 내가 살짝 미친 것인가?'

과연 그는 무엇이 옳고 그른 것인지를 판단할 수 없는 지경에 이르러 있었다.

그런 가운데 최지동의 복부로 신세훈의 날카롭고 단단한 손이 틀어박혔다.

퍼억!

"우웨에에에엑!"

신세훈의 손이 최지동의 복부를 뚫고 들어가 그 내부를 마구 휘젓기 시작했다.

뚜두두두둑!

"끄아아아아악!"

"크하하하! 난 이 느낌이 너무나도 좋아! 사람의 이 따뜻한 내장의 느낌! 이 느낌 때문에 이 짓을 하는 것이라니까!"

"…이런 미친 새끼!"

"맞아. 난 미친 새끼야. 그러니까 왜 나 같은 미친 새끼를 건드렸나? 목숨이 아깝지 않은 모양이지?"

"제기랄."

신세훈이 최지동의 마지막 목숨을 끊기 바로 직전 소총을 든 강제와 후방 지원팀이 도착하였다.

강제는 신세훈을 보자마자 총을 마구 갈겼다.

"이런 개자식이?!"

두두두두두두두!

머리를 노리고 갈겨대는 그의 총에 부하 두 명이 목숨을 잃었다.

푸하아아아악!

얼떨결에 머리를 맞춘 강제이지만 그로 인해 해법이 생겨났다.

"저놈들은 머리를 맞으면 죽는 모양입니다! 머리만 쏴요!"

"그럽시다!"

신세훈은 부하들과 함께 무너져 내린 벽을 향해 전력 질주하기 시작했다.

"벽을 뚫는다!"

"예!"

파바바바밧!

쿠웅!

단 일격에 건물이 흔들릴 정도로 대단한 힘을 자랑하는 그들의 어깨에 벽이 너무나 쉽게 무너져 내렸다.

쿠우우웅!

신세훈은 자신의 손에 묻은 피를 혀로 날름 핥았다.

"츄릅! 으음, 좋군! 내가 이 맛에 살인을 한다니까! 큭큭큭!"

"저런 개새끼가?!"

"나 잡아봐라! 크하하하하하!"

신세훈과 그 부하들은 마치 오뉴월에 서리를 맞아 미친 사람들처럼 마구 소리를 지르며 클럽을 빠져나갔다.

그 모습을 바라보던 사람들이 질겁하여 소리를 질렀다.

"꺄아아아아악!"

"이, 이런 미친……?!"

"크하하하하! 막지 마라! 막으면 대가리가 날아간다! 이렇게!"

퍼억!

그는 도망치는 와중에도 멀쩡한 사람들의 머리통을 날리는가 하면 복부를 발로 차서 내장 파열을 일으켰다.

"쿨럭!"

"크흐흐흐, 이 맛이지!"

"꺄아아아악! 사람 살려!"

그 탓에 공포 분위기가 조성되어 너 나 할 것 없이 모두 클럽을 빠져나가기 위해 난리가 났다.

신세훈은 그런 어수선한 분위기를 틈타 아주 손쉽게 클럽을 빠져나갔다.

강제와 지원팀은 수많은 인파에 갇혀 더 이상 앞으로 나갈 수가 없었다.

"젠장!"

그는 멍하니 도망치는 신세훈을 바라보고 있을 수밖에 없었다.

*   *   *

늦은 밤, 태안 만리포 해수욕장 바닷가 펜션에 미니버스 두 대가 시동을 건 채 멈추어 있다.

버스에서는 소총을 든 인력 50명이 내려 각자 바리게이트를 치고 인계 철선 등을 설치하여 방어진을 쳤다.

"놈들이 냄새를 맡으면 몇 시간 내로 찾아올 것이다. 그러니 저놈을 처치할 때까지 시간을 벌자면 방비를 단단히 해야 할 것이다."

"예!"

소총에 수류탄, 유탄 발사기까지 개인 소지한 병력은 북미 위험지역을 수비하는 전문 용병단 '벨렉스'의 인력이었다.

어지간한 크기의 던전은 전부 커버가 가능할 정도로 규모가 큰 벨렉스는 야차 중대 이외에 용병 집단 중에선 거의 손가락 안에 들 정도이다.

물론 용병왕으로 불리는 레이시스의 용병단에 비하면 조족지혈이지만 일반인들이 보기엔 거의 중소기업 수준의 용병단이다.

벨렉스의 수장 토니 스케이든은 자신을 찾아올 화수의 유명세를 익히 잘 들어 알고 있었다.

"야차 중대의 수장이라……. 이상 능력을 가진 사람이라는 소문이 있던데, 과연 얼마나 대단한 전투력을 가지고 있을지 궁금하군."

잠시 후, 토니의 라디오 무전기에서 목소리가 들려왔다.

파앗!

―대장님, 전방에 전술 장갑차 한 대가 보입니다.

"장갑차?"

―한국군에서 사용하는 최신형 장갑차입니다. 일반 보병들이 사용하는 것은 아니고 수렵 부대가 주로 사용한답니다.

"야차 중대인가?"

―예, 그렇습니다.

야차 중대이든 그렇지 않든 간에 한국의 수렵 부대는 그 퀄리티가 남달라 엘리트 부대들조차 전면전을 꺼렸다.

그러나 벨렉스는 나름대로 이 업계에선 이름을 날리는 집단이었다.

"전투를 준비한다. 한 놈도 이곳으로 들어올 수 없도록 하라."

―예, 알겠습니다.

토니는 옥상으로 올라가 적외선 망원경으로 해변을 내려다보았다.

우우웅, 철컹!

장갑차의 철문이 열리면서 대략 열 명의 인원이 쏟아져 내려왔다.

최전방에는 방패를 든 남자가 서 있고, 그 뒤로 소총수, 저격수, 중화기 사수, 지정사수 등이 줄을 지어 서 있다.

그들의 대열은 아주 잘 짜여 있어서 고지에서 저격한다고 해도 충분히 방어가 가능할 것으로 보였다.

'각을 정확하게 계산한 것인가?'

얼마나 혹독한 훈련을 반복했으면 저렇듯 완벽한 진영을 갖출 수 있는지 그는 가늠조차 할 수 없었다.

하지만 그래도 10 대 50의 싸움은 해볼 만했다.

"저놈들을 생포하면 포상을 내리겠다."

―최선을 다하겠습니다.

―두둑이 한몫 챙기자면 열심히 할 수밖에!

그는 이제 지하실로 내려가 자신이 할 일을 진행하기로 했다.

*   *   *

만리포 해변을 달리고 있던 화수에게 김태하 소령의 목소리가 들려왔다.

─대장님, 전방에 저격수 진지와 인계 철선 등이 보입니다.

"우리가 온다는 것을 미리 알고 있었다는 뜻인가?"

─예, 그렇습니다. 아무래도 우리가 이곳으로 올 수 있다는 가정하에 납치한 것으로 보입니다.

"이 새끼들, 우리를 손바닥 위에 놓고 일을 벌인 것이로군."

─우리가 저들을 모두 확보하지 못하면 최강유 총괄이사가 회장 투표에 나설 수 없을 겁니다. 목숨을 걸겠지요.

"좋아, 그렇다면 우리도 본때를 보여줘야지."

화수는 병력을 일렬종대로 만들었다.

"일렬종대 대형으로!"

─입감!

그를 필두로 길게 늘어선 병력은 각자 맡은 구역을 향해 총구를 들었다.

더미를 통한 모의 전투 훈련은 인간을 상대로 하는 훈련도 포함되기 때문에 상대방이 전술을 구사한다는 가정하에 상황을 부여하기도 한다.

각 진형은 상황에 따른 최적화 각도를 계산하여 각 사수들에게 목표물을 숫자로 배정하게 된다.

이것을 전술 X형이라고 표현하는데, 이 전술형을 결정하여 적을 제압하는 것이 바로 팀장의 주된 임무라고 할 수 있었다.

화수가 만든 교범에는 팀장이 최전방에 서서 자신을 희생하고 전술대형을 상황에 맞게 활용하여 전력을 높이는 역할을 한다고 나와 있다.

그것은 지금까지 화수가 그렇게 행동해 왔기 때문에 가능한 것이었다.

그는 일렬종대 중에서도 전술 12형을 선택하였다.

"일렬종대 전술 12형으로 사격한다!"

"예!"

―잘 알겠습니다.

1번 방패병이자 팀의 리더는 방패의 보조 활대 개폐 버튼을 눌러 사각지대를 커버했다.

철컹!

방패는 총탄이나 몬스터의 분비물을 막아주는 역할뿐만 아니라 물리적인 충격에도 대비해야 하기 때문에 총 5중 구조로 되어 있었다.

첫 번째 부분에는 강력한 코팅과 방탄, 두 번째에는 방수,

세 번째에는 반생화학 필터, 네 번째에는 경량화 방탄, 다섯 번째에는 몸을 맞댈 수 있는 방탄 스펀지가 자리하고 있다.

이들 칸 중간에는 에어쿠션이 설치되어 있고, 이것을 보호하는 것을 활대라고 지칭하도록 되어 있다.

활대는 방패의 내구성을 높여주는 역할을 하지만 방패의 사각지대를 커버할 수 있는 보조 활대를 잡아주는 역할도 한다.

보조 활대를 펼치면 방패의 면적이 대략 1.5배 정도 넓어지지만 공기의 저항을 많이 받아 방패병의 현저한 체력 저하를 초래할 수 있다.

그러나 이미 화수는 그런 것들을 초월한 사람이기 때문에 한계가 없었다.

스릉!

화수는 방패를 손에 쥔 채 검을 뽑아 들었다.

"신중하게 돌파한다!"

"예!"

마음만 먹으면 혼자서 난리를 피울 수도 있겠으나 그렇게 되면 시간이 오래 걸릴 뿐만 아니라 팀워크를 망치게 될 수도 있었다.

때문에 화수는 매번 작전을 치를 때마다 유난히 신중한 모습을 보여온 것이다.

그는 사격 개시를 선언하였다.

"적과의 교전 거리에 도달했다! 사격 개시!"

2번 유탄수와 3번 유탄수, 4번 유탄수가 각자 유탄을 발사하여 적의 부비 트랩과 인계 철선 등을 무력화시켰다.

콰앙!

유탄 발사기에는 초소형 레이더가 달려 있기 때문에 특수한 재질로 만들어진 무기만 아니라면 어지간한 트랩쯤은 무력화가 가능했다.

덕분에 돌파 시간이 단축되고 저격수나 중화기 사수가 자리를 잡을 수 있는 여건이 마련되었다.

"일오횡대 전술 16형!"

촤라라라락!

순식간에 횡대로 늘어서 각자의 엄폐물을 찾아 숨은 야차중대는 양방향을 모두 관찰하면서 상황을 살폈다.

화수의 뒤에는 지정사수와 유탄수가 각각 등재해 있다.

이 전술대형은 화력을 좌우로 분산시켜 적의 화력에 대항하면서도 팀장 본인의 돌파를 지지해 줄 수 있는 엄호대형이었다.

이렇게 쐐기처럼 화수가 일자로 돌파하면 나머지 사수들도 함께 돌파하면서 엄호하기 때문에 많은 수를 돌파하는 데엔 제격이라 할 수 있었다.

백성희 소령과 최지하 중령이 화수의 뒤에서 화력 지원을 펼쳤다.

투웅!

묵직한 지정사수 소총의 탄환이 날아가 고지대의 적들을 처치하자 그 뒤를 이어 최지하의 유탄이 날아가 진지를 파괴하였다.

여기서 진지는 콘크리트로 만들어진 구조물이기 때문에 파편 효과를 기대하기 힘들어 최대한 탄을 깊숙이 넣는 것이 관건이었다.

퍼엉!

지연신관을 장착한 유탄은 적이 진지로 삼은 엄폐물 천장 모서리를 조준하여 날아갔다.

그리고 모서리에 맞은 유탄이 엄폐물 깊숙한 곳으로 굴러 들어 갔다.

탄의 특성과 바람을 철저히 계산하여 사격하지 않으면 절대로 불가능한 사격 방식이다.

"역시 최지하야."

"이게 다 대장에게 배운 것이잖아?"

잠시 후, 지연신관이 터지면서 적의 진지 하나가 통째로 날아가 버렸다.

콰아아앙!

"크허억!"

"효과 짱인데?!"

"일렬종대 전술 19형으로!"

화수의 빠른 전술 변경으로 인하여 적들은 마치 하나의 생명체를 상대하는 듯한 느낌을 받았을 것이다.

그만큼 야차 중대의 전투력이 높은 수준에 이르러 있다는 뜻이다.

핑핑핑!

적들이 쏘는 탄환은 지금 야차 중대의 발끝에도 미치지 못하고 있었다.

화수가 전술대형을 전환할 때마다 각도를 계산하고 있기 때문에 탄환이 사람을 맞추는 것은 불가능했다.

그 사각지대마저도 화수가 방패로 커버하고 있으니 저들이 어쩔 수 있는 방법은 없었다.

야차 중대 제1팀이 한창 전투를 치르고 있을 때 화수에게로 무전이 날아들었다.

─제2조 작전을 시작한다.

"오케이, 좋았어."

황문식 중령과 이예진 소령, 조희성 소령이 적의 후방으로 침투하는 제2조의 임무를 맡았는데, 지금 그들은 전술 보트를 타고 펜션 지하로 침입하여 수로를 타고 진격할 것이다.

이미 정면에서 전투가 벌어졌으니 적은 아마 제2조의 침입은 상상조차 하지 못하고 있을 것이다.

화수는 계속하여 병력을 이끌고 정면을 압박하였다.

*   *   *

계룡대 육군본부로 전술 비행기 한 대가 날아들었다.

휘이이이잉!

전술 비행기엔 미 국방부장관 빌리 게리슨과 차관 두 명이 타고 있었다.

이제 막 소식을 듣고 달려온 국방부차관 이석현과 합동참모부 장성 두 명이 그들을 맞이하였다.

빌리 게리슨은 비행기에서 내리자마자 이석현의 손을 덥석 잡았다.

"…이게 무슨 날벼락입니까?"

"그러게 말입니다."

"몹쓸 놈들 같으니, 이게 지금 무슨 경우인지 모르겠습니다."

"아무튼 간에 들어가서 얘기하시지요."

"그럽시다."

빌리 게리슨은 오늘 저녁 미국의 위성과 핵잠수함 등을 총괄하는 '블루레인' 시스템이 도난당했다는 보고를 받았다.

이를 해낸 사람은 넥서스라고 불리는 해킹 집단으로, 무려 나사를 해킹하고 백악관의 보안 시스템까지 뚫어낸 일류 중의 일류였다.

넥서스에게 국방 시스템 전부를 빼앗긴 미국은 지금 발등에 불이 떨어져 어떻게든 그것을 되찾기 위해 노력하는 중이었다.

물론 미국의 우호 국가들 역시 타격 시스템을 되찾기 위해 모든 정보력을 동원하고 있었다.

만약 잘못하여 미국의 핵탄두가 중국이나 러시아, 혹은 북한에 떨어지게 되면 세계 3차 세계대전이 일어날 수도 있었다.

제아무리 미국이 넥서스에게 타격 시스템을 빼앗겼다고 해도 그 안의 무기와 인원은 분명 미군의 것이기 때문이다.

빌리 게리슨은 국정원에서 보내온 CCTV 화면을 CIA를 통하여 받았다.

국정원에서 보낸 화면에는 하이잭킹을 시도하는 한 남자와 소녀의 모습이 담겨 있었는데, 소녀의 정체가 바로 넥서스의 핵심 해커인 '레이나'였던 것이다.

레이나가 비행기에 탄 직후 무작정 경비를 뚫고 들어와 하이잭킹에 성공한 사람은 넥서스의 수장 이벨린이었다.

이벨린은 나병 환자로 알려져 있었는데 총을 맞아도 죽지 않고 칼에 팔다리가 잘려도 몇 분 내로 회복이 되는 괴물이었다.

그가 어떻게 이런 말도 안 되는 능력을 갖게 되었는지는 알

수 없으나 그 파급력이 엄청나다는 것만큼은 확실했다.

CCTV에 나온 화면에서도 홀로 열 명이 넘는 경찰을 사살하고 여유롭게 하이잭킹에 성공하는 장면이 연출되어 있었다.

이것은 세계 최초로 그의 실체를 확인할 수 있는 화면이라고 할 수 있었다.

빌리 게리슨은 수렵의 메카이자 특수부대의 신흥 강자로 불리는 대한민국에서 이와 같은 일이 일어난 것이 대하여 유감을 표하였다.

"대한민국 정부의 입장에서야 어떨지 모르겠습니다만, 저희들은 허무하기 이를 데가 없습니다. 한국에서 놈들이 발견되었다고 하여 내심 기대를 하고 있었으니……."

"뭐라 드릴 말씀이 없군요."

그는 고개를 저었다.

"아닙니다. 솔직히 처음엔 위와 같은 생각을 했습니다만 영상을 보고 나니 생각이 확 바뀌었습니다. 저놈들은 어지간한 병력으론 잡을 수가 없습니다. 지금까지 저놈들이 인터폴의 수사망에 걸리지 않은 것도 다 이유가 있어서겠지요."

"그리 이해를 해주시니 고맙군요."

"아무튼 간에 현재 그놈들이 비행기를 타고 독일로 향하고 있으니 스페니츠와 프랑스 외인부대에 공조를 요청해 두었습니다. 조만간 좋은 소식이 있겠지요."

"흠."

빌리 게리슨은 조심스럽게 야차 여단의 얘기를 꺼냈다.

"그런데 말입니다. 최근 야차 여단이 새롭게 출범했다고 하던데 그 수준이 몹시도 궁금하군요."

"처음 야차 중대가 출범하여 5년간의 노력 끝에 마침내 정예 병력으로 거듭났었습니다. 아직은 그 1/3에도 못 미치는 것으로 보입니다."

"으음, 그래도 1/4에만 도달해도 그게 어딥니까? 야차 중대는 명실공히 최고의 전투 집단 아닙니까?"

"그건 그렇지요."

그는 야차 여단의 하이잭킹 사건 투입을 조심스럽게 거론하였다.

"현재 강화수 준장이 부재중이라는 것은 압니다만, 그래도 기본적인 작전 수행은 가능하리라고 생각합니다."

"으음, 그건 좀⋯⋯."

"현재로선 저놈을 인간이라고 단정할 수가 없습니다. 그러니 몬스터를 사냥하는 전문가들이 필요한 겁니다."

"그래도 이건 좀 무리가 있겠습니다만⋯⋯."

"하지만 야차 여단 말고는 이 임무에 적합한 사람을 찾아보기가 힘듭니다. 잘 아시지 않습니까?"

이석현은 난색을 표하였다. 그러나 한국에서 범인을 놓쳤기 때문에 아주 모른 척한다는 것도 말이 되지 않았다.

결국 이석현은 긍정적인 입장을 표명할 수밖에 없었다.

"좋습니다. 일단 야차 여단에서 비번인 사람들을 찾아보겠습니다. 여단 전부가 거의 매일 수렵에 동원되는 통에 저들도 정신이 없을 겁니다."

"하하, 그래주시면 너무나도 감사하지요!"

"아무튼 조만간 좋은 소식 있을 겁니다."

이석현은 심란한 마음을 거두지 못했다.

*　　*　　*

같은 시각, 황문식 중령을 필두로 한 작전조가 물살을 거스르고 있다.

촤르륵, 촤르르륵!

펜션의 지하로 통하는 수로에선 지하수가 흘러나와 주변이 꽤나 쌀쌀해져 있었다.

방패를 든 황문식 중령은 두 사람에게 조용히 전술대형 조종을 지시했다.

"일렬종대 전술 1형으로."

"알겠습니다."

일렬종대 전술 1형은 가장 기본적인 돌파대형임과 동시에 기동력을 최대한 고려한 전술대형이다.

황문식 중령은 경량화 방패를 들고 있었는데, 이것은 어깨와 등으로 연결되어 있는 일체형 방식이기 때문에 기동성 확보에 좋았다.

다만 오른쪽 팔을 아예 쓸 수 없기 때문에 모든 교전을 왼쪽팔로 해야 한다는 단점이 있었다.

황문식 중령은 기관총을 잘 다루기도 하지만 창술을 전문적으로 배워 근접전에서 사용하곤 했다.

그의 등에는 투척이 용이하고 근접전에서도 사용이 편리한 소형 창 다발이 묶여 있어 중, 근거리 싸움에서도 유리한 고지를 점할 수 있었다.

오로지 황문식 중령을 위해 개발된 이 창에는 전기 충격기와 압축 냉동 충격기, 맹독성 물질 투입기, 고온 압축 방식 투창 기능이 탑재되어 있었다.

게다가 투창 네 개를 한 개로 합쳐 싸울 수 있고, 합체한 상태에서도 연결체를 분리하여 투창할 수 있기 때문에 다채로운 전술 구사가 가능했다.

황문식 중령은 가려진 방패 틈으로 창을 드리웠다.

철컥!

아직까지 전방에 나타난 적은 없었으며 전술용 내비게이션에도 적의 움직임은 표시되지 않았다.

황문식 중령의 방패에는 유탄수과 같은 기종의 소형 레이더가 달려 있어서 근거리에 있는 적들을 감지할 수 있었다.

주로 후방 침투를 담당하고 있는 황문식 중령이기 때문에 기동성과 난전, 백병전, 그리고 침투에 최적화된 장비를 갖추고 있는 것이다.

잠시 후, 황문식 중령의 레이더망에 두 명의 적이 감지되었다.

그는 수신호로 동료들에게 적의 위치를 알렸다.

'좌측 코너에 10미터 간격의 적이 두 명 출몰했다. 내가 처리할 테니 후방을 부탁한다.'

'알겠습니다.'

황문식은 조심스럽게 자세를 낮추고 들어가 코너 끄트머리에 몸을 댔다.

뚜벅뚜벅.

소총을 든 것으로 예상되는 적들이 코너를 돌기 위해 다가오는 것 같았다.

황문식은 슬그머니 방패 끝에 달린 쉴드 블레이드 기능을 활성화시켰다.

챙!

방패 모서리를 대검처럼 사용할 수 있는 이 기능은 오른팔을 공격 용도로 사용할 수 있는 수단 중에 하나였다.

그는 적들이 모서리를 돌 때를 맞춰서 신형을 달렸다.

파밧!

그는 방패로 적의 목덜미를 치는 동시에 반대쪽으로 몸을 회전시켰다.

서걱!

"크허어억!"

황문식은 회전으로 얻은 반동을 이용하여 창을 날렸다.

피융!

퍼억!

"끄웨에에에엑……."

단 1초 만에 두 명이 죽어나갔지만 소음은 단말마의 비명뿐이었다.

황문식은 적의 목덜미에 꽂힌 투창을 뽑아냈다.

뚜두둑, 퍽!

무심하게 창을 뽑아내는 그의 손길에선 절로 노련함이 느껴졌다.

화수가 싸우는 방식과 황문식이 싸우는 방식은 완전히 다른데, 이것을 교범으로 만들어 전문가를 양성하려 했으나 황문식의 전술은 적용이 가능한 예가 없었다.

그는 자신의 노하우를 교범에 옮겨두었지만 이것을 따라 할 수 있는 사람이 없다는 것이 매번 아쉬웠다.

그는 전술지도를 펼쳤다.

디지털 방식으로 이뤄져 있는 지도에는 적의 뒤통수를 칠 수 있는 곳이 빨간색으로 표시되어 있었다.

"이놈들을 다 죽여도 상관은 없는 거지?"

"아마도요."

"그렇다면 일 복잡하게 만들지 말고 VIP를 구출하는 즉시 모두 다 죽이자고. 동료들이 다치는 것보다는 저놈들이 죽는 편이 낫잖아?"

"물론이죠."

황문식이 맨 처음 후방 투입을 시작한 것은 워낙 위험한 작전을 많이 맡은 야차 중대의 생존율이 현격히 낮았기 때문이었다.

그가 투입된 이후로 대인작전에서의 사망률은 0%였고, 몬스터와의 싸움에서도 꽤 높은 생존율을 확보할 수 있었다.

화수가 전면에서 희생하고 있을 때 황문식은 후방에서 위험을 감수하고 있던 것이다.

그는 오늘도 적의 깊숙한 곳으로 침투해 들어갔다.

제3장
계속되는
신경전

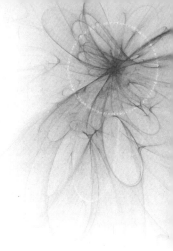

　전방에서 적과의 교전을 치르고 있던 화수의 눈동자에 적
들의 동요하는 모습이 보이기 시작했다.

　"적이 흔들리고 있는 것 같지?"

　"예, 그렇군요."

　"황문식 중령이 작전에 성공한 모양이야."

　"역시 빠르긴 빠르군요."

　교전이 시작된 지 이제 5분 남짓 되었지만 적의 중심부가
타격을 받은 것이 분명했다.

　황문식의 속전속결 작전이 오늘도 빛을 발하게 된 것이다.

화수는 여기서 적들을 조금 더 강하게 압박하기로 했다.

"일오횡대전술 11형으로!"

"예!"

횡대전술 11형은 적을 압박하고 전투를 속도감 있게 펼칠 수 있는 쐐기진형이다.

방패를 든 화수를 따라서 달리는 중대원들의 손도 덩달아 바빠졌다.

"돌격!"

"으라차차!"

탕탕탕탕!

소총과 기관총, 저격총 등이 모두 함께 불을 뿜으니 적들은 저절로 압박을 받아 뒤로 물러날 수밖에 없었다.

그런 가운데 전방에서 낭보가 날아들었다.

―여기는 제2조, VIP를 확보하였다.

"고생 많았다."

―별말씀을.

"퇴로는 정했나?"

―우리의 퇴로는 언제나 정면이다.

"후후, 그럼 그렇지."

―함께 압박 전술을 펼치겠다.

"입감."

이제 화수가 정면을 압박하면 적들은 뒤통수에 칼이 꽂혀 죽을 것이다.

화수는 쉬지 않고 적들에게 탄환을 퍼부었다.

"계속 사격하라!"

"예!"

두두두두두!

야차 중대의 탄환이 적들에게 날아가는 만큼 그 저항도 만만치 않았다.

적들의 탄환이 날아들어 화수의 방패를 두들긴다.

핑, 핑, 티잉!

그렇지만 적들의 사격선이 화수로 고정되어 있기 때문에 다른 중대원들에겐 피해가 없었다.

몬스터와 인간의 가장 큰 차이점은 공격 대상자를 선정하는 기준이다.

인간과 인간의 접전에서는 일단 눈에 가장 잘 띄는 상대를 쏘게 마련인데, 이것은 생존 본능과 깊은 관련이 있다.

일단 인간은 총에 맞으면 죽는다는 막연한 공포감을 가지고 있기 때문에 자신의 사격선에서 가장 잘 보이는 물체를 조준하게 되어 있다.

그 때문에 야차 중대 전원은 방패 뒤로 잘 숨기만 하면 큰 문제가 일어나지 않는다.

그러나 몬스터는 인간의 대열에서 가장 취약한 부분을 노리기 때문에 항상 문제가 되는 곳이 바로 후방이었다.

몬스터들은 정면보다는 측면, 후방을 노리기 때문에 화수는 진형을 짤 때 아주 천천히 기관총 사수와 저격수를 보호하면서 전진할 수밖에 없었다.

그런 면에서 본다면 차라리 몬스터보다는 인간을 상대하는 것이 훨씬 수월할 수도 있었다.

화수는 적의 숫자가 줄어들수록 더더욱 진격에 속도를 올렸다.

"바짝 긴장하고 전진해라! 속도를 높이지만 방심하면 목숨을 잃는다!"

"예!"

언제나 가장 중요시되는 것은 대원의 생명이었다.

이들이 죽거나 다치는 것은 작전의 실패와 직결되기도 하지만 앞으로의 작전에 영향을 주는 결정적인 이유가 된다.

때문에 화수는 어느 순간부터 작전의 성공 유무보다는 대원의 생존에 신경을 쓰게 되었다.

화수가 전방에서 적들을 압박하고 있을 무렵, 저 멀리서 간헐적으로 비명이 들려왔다.

퍼억!

"끄아아아악!"

제1조는 실소를 흘렸다.

"또 시작이군. 저놈의 암살 놀이에 죽어나는 사람들이 꽤 있겠는데?"

"하지만 저 암살 놀이 덕분에 우리가 멀쩡히 작전을 수행할 수 있는 것이지."

뒤통수를 칠 공간이 없는데도 불구하고 저렇게 사람이 죽는 것은 적들의 입장에서 본다면 너무나 황당한 일일 것이다.

그렇지만 그 사실에 대해 알았다고 해서 딱히 대안을 찾기는 힘을 터였다.

잠시 후, 황문식이 피투성이가 된 한 남자의 멱살을 끌고 나왔다.

"으으윽!"

"대, 대장?!"

"이놈이 이 테러리스트들의 우두머리인 모양이지?"

화수는 남은 테러리스트들에게 외쳤다.

"무기를 버리고 투항하면 목숨만은 살려주겠다!"

"제기랄!"

"셋을 세겠다! 하나, 둘!"

대장이 잡혀 전투가 끝났지만 아직도 그들은 우두머리의 명령을 기다리고 있었다.

아무리 테러 집단이라지만 그 기개와 충성심 하나는 인정할 만했다.

옆구리에 창이 꽂힌 그가 어렵사리 입을 열었다.

"…투항해라. 어찌 되었든 간에 목숨이라도 건져야 할 것 아닌가?"

"그게 진정 대장이 원하시는 겁니까?"

"우리는 용병이다. 아무리 돈을 많이 줘도 목숨을 버리면서까지 일을 할 이유는 없다."

"알겠습니다."

용병들은 대장이 내린 한마디에 즉각 무기를 버리고 투항했다.

알아서 무릎까지 꿇는 그들에게 화수가 물었다.

"이 정도 규모와 정신력을 갖춘 용병단은 얼마 없다. 너희들의 이름이 무엇인가?"

"…어차피 죽을 사람들에게 이름을 물어서 뭐 하려는 건가?"

"이름을 알려주지 않는 것은 자존심인가?"

"용병 세계의 룰에 대해 잘 모르는군. 어떤 경우에도 배후는 밝히지 않는다. 그리고 우리의 이름도 밝히지 않는다."

"그렇군."

"불문율을 깰 수는 없다. 우리는 용병이기 때문이지."

"잘 알겠다."

화수는 그들의 이름을 알아내려 했으나 이 또한 나름대로의 명예이기 때문에 끝까지 물어볼 수가 없었다.

물론 이 뒤의 일은 기무 사령부에서 알아서 할 일이기 때문에 화수가 상관할 바는 아니었다.

그는 용병단을 줄줄이 엮어 비행기의 짐칸에 끼워 실었다.

"인권 유린이라는 생각은 하지 마라."

화수는 그 모양새가 영 아니라서 양해 아닌 양해를 구했다.

그러나 용병들은 그런 것쯤은 별것 아니라고 생각하는 것 같았다.

"인권은 무슨, 패자에게 무슨 할 말이 있겠나?"

"뭐, 그건 그렇지."

"아무튼 간에 그 좋은 실력들을 썩히게 생겨서 안됐군."

"……."

역시 패자는 아무런 말이 없었다.

＊　　　＊　　　＊

인천에서 출발한 한국항공의 비행기가 항로를 변경하여 호주로 향하고 있다.

비행기 안에는 여전히 비릿한 피 냄새가 진동하고 있었다.

레이나는 자신의 곁을 굴러다니는 사람 내장 조각들을 발로 스윽 밀어내며 말했다.

"…비위 상해."

"지금 내 앞에서 비위에 대해 논하는 건가?"

"나는 비위가 그리 좋지 않아. 비행기 안에 있기가 힘들다고."

"그럼 죽을래?"

그녀는 자신에게 도가 지나치도록 집착하는 이벨린에게 버럭 소리를 질렀다.

"…그래, 씨발! 그냥 죽여라! 죽이라고!"

"뭐야?"

"죽여! 죽이라고! 죽여봐, 한번!"

"이런 빌어먹을 년이?!"

이벨린은 주먹으로 그녀를 힘껏 후려쳤다.

퍼억!

"으으으윽!"

그녀는 이벨린의 육중한 주먹에 맞아 저만치 나가떨어져 버렸다.

쿠웅!

옆으로 쭉 밀려 날려간 그녀는 비행기 팔걸이에 머리를 부딪쳐 기절하고 말았다.

그러자 이벨린은 혼비백산하여 달려갔다.

"레, 레이나!"

그는 레이나의 얼굴을 후려쳐 그녀의 머리가 팔걸이에 찧은 것 때문에 제정신이 아니었다.

동공이 반쯤 풀려서 레이나를 다급하게 안은 이벨린은 눈물을 흘리기 시작했다.

"흑흑, 레이나!"

"…이벨린 이 개새끼!"

순간, 레이나가 눈을 번쩍 떴다.

퍼억!

그녀는 이벨린의 옆구리에 칼을 찔러 넣었다.

이벨린은 떨리는 손으로 자신의 옆구리에 박힌 칼을 뽑아 냈다.

그러자 사방으로 그의 체액이 분수처럼 튀어 올랐다.

푸하아아아악!

하지만 그는 자신의 옆구리에 난 상처보다도 레이나가 자신의 옆구리를 찔렀다는 사실에 더 큰 충격을 받은 것 같았다.

그는 도저히 믿을 수 없다는 듯이 그녀를 쳐다보았다.

"네, 네가 어떻게……?"

"이런 씨발 놈아! 내가 너한테 주먹으로 얻어맞고도 가만히 있을 줄 알았어?!"

"…죽빵 한 대 맞았다고 사람의 옆구리를 칼로 찔러?!"

"어차피 네놈은 칼에 맞았다고 죽지도 않잖아?!"

"그래도 그렇지."

"그러게, 이 새끼야, 숙녀의 얼굴을 그렇게 마구 후려갈기면 돼?!"

이미 퉁퉁 부어오른 그녀의 얼굴에는 새파란 멍이 자리 잡고 있었다.

이벨린은 자신의 잘못을 시인했다.

"…내가 경솔했다."

"그래, 네가 잘못했지?"

"하지만 네가 나에게서 도망친 후엔 이미 제정신이 아니었어. 그래서 극도로 화가 나 있었다."

"화가 난다고 주먹으로 얼굴을 쳐? 그럼 거리에 남아나는 사람이 없겠네."

"뭐, 그건 그렇지."

사방으로 튄 피를 바라보며 이벨린이 소리쳤다.

"어이, 승무원들!"

"네, 네?!"

"피 다 지워. 깔끔하게 지워야 한다. 그렇지 않으면 서로의 피로 목욕을 하는 기분을 느끼게 될 거야."

"아, 알겠습니다!"

이벨린은 그녀를 일등석으로 데리고 가서 앉혔다.

그는 다소 떨떠름한 얼굴의 그녀에게 최고급 위스키를 한 병 건넸다.

"자, 마셔."

"나 주는 거야?"

"응."

"오오, 어쩐 일?"

"묻고 싶은 것이 있거든."

순간 레이나는 술병을 확 집어 던졌다.

쨍그랑!

"…이제 보니 그것 때문에 나를 찾아온 것이군."

"레이나, 그건 아주 중요한 물건이다."

"소중하다는 사람이 이런 식으로 나를 괴롭게 만들어?"

"이 모든 것이 계시에 의한 것이다."

"……"

"물건은 어디에 있어? 너나 나에겐 너무나도 필요한 물건이야."

"결국엔 내가 아니라 그 물건 때문에 찾아온 것 아니야?"

"…물건이 없으면 너와 나 모두 다 죽어."

그는 자신의 상의를 열어젖혔다.

삐빅, 삐빅!

"포, 폭탄?!"

"그래. 그들이 나를 이곳에 보낼 때 이런 물건을 심어놓았다. 그리고 네가 타고 있는 이 비행기, 이곳에도 폭탄이 설치되어 있다."

"······!"

"어쩔 수 없는 선택이었다."

"하지만 그렇게 되면 세계가 정말 멸망하고 만다고!"

"그 역시 계시에 의한 것이라면 어쩔 수 없는 일이겠지."

"말도 안 되는 소리!"

"나도 그렇게 믿고 싶었다. 하지만 모든 것이 계시를 따라가고 있다. 이건 어쩔 수 없는 일이야."

그녀는 눈을 질끈 감았다.

"···그럼 우리 둘이 함께 죽자."

"뭐?"

"죽자고. 네가 나에게 말했잖아. 소중한 존재라고. 내가 만약 소중한 존재라면 함께 죽어도 여한은 없겠지."

"하지만 그렇게 되면 우리는 죽어서 다시 부활할 수 없을 것이다."

레이나는 고개를 저었다.

"부활은 개뿔! 만약 신이 있다면 그가 알아서 인류를 말살하겠지! 굳이 나라는 사람의 손을 빌려서 살인을 할 것은 또 뭐야?!"

"신탁을 받았다고 하잖나?"

"신탁은 없어! 애초에 그런 것은 없는 거라고!"

"아니, 있다. 너 역시 그들이 행하는 기적을 눈으로 직접 보지 않았나?"

그녀는 차분하게 얘기를 이어나가는 그의 뺨을 힘껏 후려쳤다.

짜악!

"정신 차려! 네가 당한 모진 고문에 대해서 한번 생각해 봐! 그게 신탁과 무슨 상관이 있는데?!"

"그 모든 것은 너를 보며 버틴 시간이었다."

"그래, 나를 위한 시간이었다고! 신탁에 의한 시간은 아니었어! 그걸 아직도 모르겠어?!"

"…모른다. 나는 이제 너와 천국으로 갈 생각만 하고 있다."

그녀는 그 자리에 털썩 주저앉고 말았다.

"도대체 네게 무슨 짓을 했기에 정신까지 이 지경이 된 걸까?"

"그들이 말했다. 너와 내가 살 수 있는 방법은 이것 하나뿐이라고."

두 사람이 한창 실랑이를 벌이고 있을 무렵, 기장의 목소리가 들려왔다.

─기장입니다! 전방에서 비행기 두 대가 다가오고 있습니다!

"비행기?"

―어서 이곳으로 와주십시오!

이벨린은 어쩔 수 없이 기장실로 향했다.

이미 문이 열려 있는 기장실에서 부기장이 걸어 나와 그를 안내했다.

"어, 어서 이곳으로……!"

이벨린이 기장실로 들어가 보니 수송기로 판단되는 비행기 두 기가 빠른 속도로 따라붙고 있었다.

순간, 이벨린의 표정이 딱딱하게 굳었다.

"신탁을 방해하는 세력이 있었던가?"

수송기들은 무전을 통하여 자신들의 정체를 알려왔다.

―우리는 대한민국 육군 소속 제1 수렵 여단인 야차 여단이다. 지금 당장 비행기를 멈추고 투항하라.

"제기랄."

기장과 부기장은 잔뜩 상기된 얼굴로 물었다.

"어, 어쩝니까?! 정부가 개입한 것 같습니다!"

"나도 알아. 흥분하지 말고 가만히 기다려."

"하, 하지만……."

이벨린은 차갑게 가라앉은 목소리로 무전기를 잡았다.

"반대로 생각해 보자. 너희들이 살리려 하는 이 생명들, 이들을 살리고자 한다면 반대로 우리에게 이득이 되는 조건을 제시해야 할 것이 아닌가?"

─조건을 제시하라.

"지금 당장 비행기를 돌려 떠난다면 적어도 이 사람들을 몰살시키지는 않겠다."

─그렇다면 인근 비행장에 비행기를 세우고 민간인들을 내려주어라. 그 이후엔 너희들이 무슨 짓을 벌이든 상관하지 않겠다.

"정말 아무런 조건도 없는 것인가?"

─그렇다.

"으음, 하지만 그건 곤란하다. 우리가 목표하는 곳까지 비행하지 않으면 폭탄이 터질 것이거든."

─폭탄? 폭탄이 설치되어 있나?

"물론이다. 미쳤다고 보험도 없이 이 비행기를 띄웠을 것 같나?"

─…그렇다면 우리 요원들이 비행기로 들어가 민간인만 구해서 나오겠다. 그것도 안 되겠나?

"당연한 소리를 하고 있군."

─결국 협상은 없다는 말과 같다고 생각해도 되겠나?

"나는 반복하는 것을 별로 좋아하지 않는 사람이다. 만약 강습하겠다면 별수 없지만 그렇다고 해서 비행기가 멈추는 일은 없을 것이다. 오히려 공중에서 비행기가 폭발하는 꼴을 보고 싶다면 마음대로 해도 좋다."

─…까다로운 놈들이군.

"선택해라. 어떻게 할 것인가?"

군은 결국 강습을 선택하였다.

─만약 비행기를 멈추지 않겠다면 강습하는 수밖에.

"폭탄이 터질 것이다. 그래도 올라오겠나?"

─어쩔 수 없다.

"좋아, 그럼 어디 한번 해봐."

이윽고 레이더가 빠르게 반응하기 시작했다.

삐비비비비비빅!

"저들이 빠르게 다가옵니다!"

"별수 없지."

그는 대검을 뽑아 들었다.

스릉!

"승무원들을 한곳으로 모은다. 자동 항로 설정이 되어 있지?"

"그, 그렇습니다."

"기장을 제외한 모든 사람이 함께 간다. 부기장, 이쪽으로 와. 그렇지 않으면 당장 비행기를 폭파시키겠다."

"알겠습니다."

결국 두 세력 간의 기 싸움이 시작되었다.

                    *   *   *

　야차 여단 제1대대장 경민수 중령은 일이 쉽게 풀리지 않을 것이라고 예상은 했지만 생각보다 놈들이 더 외골수라는 것을 알 수 있었다.

　"여차하면 정말 비행기를 터뜨리고도 남을 녀석들이군."

　"대대장님, 그렇지만 저놈들이라고 쉽게 폭파시킬 수 있겠습니까? 아마도 그건 아닐 겁니다."

　"흠."

　야차 여단 제1대대 2개 소대가 비행기 안에서 대기하고 있었고, 그들은 여단 내에서도 특히나 실력이 좋은 에이스들이었다.

　물론 여단으로 전입되기 전부터도 각 여단이나 대대에서 특출 난 인원으로 명성이 자자하던 인원들이다.

　만약 대인작전을 펼친다고 해도 결코 실수를 범하거나 작전에 실패하는 결정적인 빌미를 제공하지는 않을 것이다.

　하지만 문제는 저들이 구출 작전을 펼칠 기회를 주지 않을 수도 있다는 점이다.

　경민수 중령은 저들이 아직까지 비행을 계속하고 있는 것은 블루레인 시스템의 탈취가 제대로 이뤄지지 않은 것 때문이라고 추측하였다.

"비행기 안에 있는 어떤 인물 때문에 아직까지 별다른 행동을 하지 못하고 있는 것 같아."

"그렇다면 지금이 기회 아닙니까?"

"그렇지. 지금이 아니면 다신 기회가 없을 수도 있다."

경민수 중령은 작전의 시작을 알렸다.

"지금부터 '뻐꾸기 잡이' 작전을 시작한다."

"예, 알겠습니다."

그의 지시가 떨어지자마자 중대원들은 장비를 챙겨 강하를 준비하였다.

위잉, 위잉!

—전 대원, 강하 대기.

—그린라이트, 그린라이트!

이미 작전에 대한 청사진은 전원 모두 숙지한 상태이기 때문에 작전에 대한 사소한 브리핑은 필요 없었다.

이제부터 중요한 것은 개개인의 역량을 가장 잘 발휘할 수 있는 여건을 조성하고 그들을 효과적으로 지휘하는 것이었다.

경민수 중령의 지휘를 받아 1소대장 오민혁, 2소대장 어진화 중위가 강하를 시작하였다.

삐이이익!

녹색 불이 켜지자마자 오민혁과 어진화는 부하들을 신속하게 강하시켰다.

"강하하라! 움직여!"

차례대로 바람에 몸을 맡긴 소대원들은 비행기의 정면에 와 이어건을 쏴서 밧줄을 만들어냈다.

핑핑핑!

바람의 저항을 고려한 그들의 사격이 완벽히 비행기를 향하면서 50명의 인원이 동시에 비행기 정면과 측면에 달라붙을 수 있었다.

경민수 중령은 소대장들의 방탄모에 달린 카메라를 통하여 상황을 실시간으로 중계 받고 있었다.

그는 소대장들에게 직접 지시를 내렸다.

"1소대는 상부, 2소대는 하부를 공격한다."

―…치익! 입감!

날아다니는 비행기에 달라붙어 작전을 수행하는 것은 생각보다 쉽지 않은 일이다.

시속 700㎞로 나는 비행기에서 발생하는 압력을 견뎌야 하며 바람의 저항과 기류의 영향까지 생각해야 하기 때문에 인간 스스로의 능력으로는 절대로 작전 수행이 불가능했다.

때문에 지금 소대원들의 개인 장비에는 조금 특수한 장치가 되어 있었다.

―역추진 장치 가동!

―모든 대원, 역추진 장치를 가동하여 신속히 비행기로 안

착할 수 있도록!

비행기에서 발생하는 저항에서 벗어나기 위하여 소형 로켓 엔진이 달린 역추진 장치를 기용하고 그를 이용하여 측면과 상부에 안착할 수 있는 것이다.

그와 동시에 압력의 저항을 도와주는 몬스터 코어 합금 마스크와 보안경, 초압축 산소탱크 등이 동원되어 바람과 저항에서 자유롭게 해주었다.

1소대는 비행기 상부에 있는 정비로의 문을 열었다.

끼릭!

정비로의 문은 사람 한 명이 간신히 들어갈 수 있을 정도로 협소한 공간이다.

이곳에 공기의 저항을 역행시키는 바람막이를 설치하고 로프를 연결시켜 소대원들이 안전하게 돌입할 수 있도록 해야 한다.

─바람막이를 설치한다.

─입감!

네 명의 대원이 벨트에서 부품들을 꺼내어 조립하자 사람 한 명이 간신히 통과할 만한 통로가 만들어졌다.

소대원들은 로프를 잡고 다시 추진 로켓을 가동시켜 구멍 안으로 몸을 밀어 넣었다.

푸슈우욱!

일회용 로켓의 연료통을 떼어낸 소총수들이 정비로 안으로 들어가 경계 자세를 취하였다.

척!

"구역 확보 완료!"

"좋아, 이대로 대열을 갖춰 이동한다!"

1소대가 상부로 돌입하자, 같은 방법으로 2소대가 비상탈출구를 통하여 돌입하였다.

―브라보팀, 돌입 완료. 지금부터 짐칸을 통하여 천천히 진격하겠다.

―입감.

경민수 중령은 두 개 소대가 비행기 안으로 들어가자마자 정밀 스캐너를 가동시켰다.

"설계도와 스캐너의 오차를 다시 한 번 확인하고 대원들의 앞에 어떤 위험 요소가 있는지 확인하라."

"예!"

삐빅, 삐비빅!

정밀 스캐너는 비행기의 내부를 3차원 그래픽으로 만들어내 출력할 수 있는 장비로서 작전을 수행하는 데 있어서 거의 필수적인 물품이다.

스캐너가 지나간 자리에는 위험 요소들의 유무가 판단되어 그래프로 출력되었다.

"알파팀, 브라보팀, 상위 팀 경로에 별다른 이상은 관측되지 않고 있습니다."

"좋아, 이대로 계속해서 진격한다."

알파팀은 정비로에서 빠져나와 비행기의 난방 설비 아래로 몸을 밀어 넣어 3층 복도로 들어섰다.

한국항공의 비행기는 국내에서 생산된 기종으로서 3층에는 난방 설비와 함께 공기순환 장치 등이 설비되어 있다.

―3층 확보. 이제 아래로 내려가 일등석으로 향하겠다.

―입감. 브라보팀, 짐칸에서 이코노미석으로 향하겠다.

경민수 중령은 2층 앞쪽에 위치한 퍼스트클래스로 시선을 집중시켰다.

적이 저곳에 있을 확률이 높았기 때문이다.

그는 적들의 폭파 신호 송출에 대한 유무를 확인했다.

"신호 탐지기 작동."

"예, 알겠습니다. 신호 탐지기를 작동합니다!"

신호 탐지기의 안테나가 돌아가면서 비행기에서 송출되는 모든 신호를 감지하였다.

치지지지지직.

"무전을 제외한 주파수는 잡히지 않습니다. 아직까지 폭파를 준비하는 것 같지는 않습니다."

"라디오를 통한 폭파도 가능하지 않나?"

"그런 경우에도 외부에서의 주파수 송신이 있어야 하는데, 지금은 그런 것이 전혀 관측되지 않습니다."

경민수는 자신의 예상이 맞았다고 확신했다.

저들은 어떤 이유에 의해서 블루레인 시스템을 확보하지 못했고, 그로 인해 폭파를 감행하지 못하고 있던 것이다.

적의 입장에서 본다면 인질을 잡은 의미가 없어진 셈이지만 야차 중대의 입장에서 본다면 이보다 더 좋은 호재는 없었다.

—브라보팀, 이코노미 라인으로 들어왔다.

"위험 요소는?"

—아직까지 발견되지 않았다.

"인질의 숫자는 얼마나 되는가?"

—다행히도 퍼스트클래스의 첫 번째 손님이 지명 수배자인 관계로 탑승 지연이 되었던 것 같다. 사람은 없는 것으로 보인다.

"으음, 다행이로군."

작전이 안정적으로 진행되는 가운데 사방에서 빠른 속도로 초음속 비행 물체의 쇄도가 관측되었다.

삐비비비비비빅!

"대대장님, 후방에서 비행 물체의 접근이 있습니다! 초음속의 속도입니다!"

"초음속?!"

잠시 후, 초음속 비행 물체가 대대본부를 그대로 들이받았다.

슈우웅, 콰앙!

비행 물체가 대대본부를 들이받아 비행기의 앞쪽이 그대로 날아가 버렸다.

경민수는 남은 대원들에게 비상 탈출을 명령하였다.

"젠장! 모두 강하한다!"

"하지만 사령부가……."

"이 상황에 무슨 사령부 타령인가?! 일단 살아남고 봐야 한다!"

현재 이곳은 울창한 수풀이 우거진 산악 지대이기 때문에 민가의 존재가 없어 파편으로 인한 추가 피해는 없을 것으로 보였다.

하지만 수풀 지대에서의 생존이 문제가 될 것 같았다.

"빌어먹을! 운도 지지리도 없군!"

작전본부의 유실로 인해 야차 여단의 2개 소대는 비행기 안에 고립된 상태에 놓이게 되었다.

제4장
서서히
드러나는 정체

　자운대 수렵 사령부로 미국방부차관 빌리 게리슨과 한국군 관계자들, 유엔조사단 관계자들이 대거 모여들었다.

　블루레인 시스템을 빼앗긴 작금의 사태와 광명그룹 중요 인사들의 납치 등에 대한 문제를 거론하기 위한 모임이었다.

　사안들이 워낙 중차대한 것인지라 모임에 참석한 사람들의 표정이 자못 심각하였다.

　빌리 게리슨이 난색을 표했다.

　"이를 어쩌면 좋단 말입니까?"

　"그래도 아직까진 작전 실패를 거론하긴 이릅니다. 2개 소대가 여전히 살아남아 작전 진행 중에 있고 적의 폭파도 아직 이뤄지지 않았기 때문이지요."

"그렇지만 제3 세력이 개입했다는 정황이 파악된 지금에 안심한다는 것은 말도 안 되는 일 같습니다."

"흠."

얼마 전, 러시아에서 돌아온 강제는 자신이 러시아에서 본 일에 대해 설명하였다.

"만약 그놈들이 제네시스 스쿼드와 관련되어 있다면 사태는 조금 심각해집니다. 이미 놈들은 생체병기의 생산에 성공한 것으로 보이거든요."

"생체병기?!"

"핵무기의 사용도 충분히 지대한 문제이긴 하지만 그보다 생체병기의 생산이 훨씬 더 중요한 문제로 작용할 겁니다. 만약 지상전에서 맞붙는다면 그놈들을 이길 방법이 없거든요."

"그놈들이 그렇게 무지막지합니까?"

그는 고개를 절레절레 흔들었다.

"총에 맞아도 죽지 않고 폭발이 일어나도 살아남습니다. 한마디로 지금 현존하는 우리의 기술로는 그놈들을 죽일 수 없다는 소리지요."

"허, 허어!"

"총격전에서 승리할 수 없다면 화학전으로 가야 하는데, 아

시다시피 시가지에서 화학전을 펼치기엔 무리가 있습니다. 그
놈들을 잡느라 더 많은 인명 피해가 일어날 것이기 때문이지
요."

"그럼 어쩝니까?"

"어떤 방식으로든 방법을 찾아야지요."

"일이 너무 복잡하게 돌아가는군."

"어쩔 수 없습니다. 저놈들을 막지 못하면 어차피 전쟁은
불가피합니다."

일단 화수는 차근차근 문제를 해결하기로 했다.

"먼저 광명그룹 사태부터 해결하겠습니다. 우리 야차 중대
가 광명그룹의 남은 요인들을 구출하여 사태를 마무리하고,
야차 여단은 계속해서 블루레인 시스템에 집중하겠습니다. 그
러니 미군도 가만히 있지 말고 직접 나서주십시오."

"알겠습니다."

강유는 화수에게 남은 요인들의 위치에 대해 물었다.

"남은 요인은 다섯 명, 그들은 지금 어디에 있나?"

"두 명은 일본, 두 명은 아프리카, 한 명은 지중해에 있는
것 같더군."

"흠, 시간을 끌기 위한 방책인가?"

"그거야 모르지."

"아무튼 간에 남은 요인들은 내가 스위스로 옮길 테니 자네

는 구출에만 신경 쓰라고."

"알겠어."

일행은 무거운 마음을 안고 길을 떠나기로 했다.

＊　　　＊　　　＊

벚꽃이 어지럽게 흩날리고 있다.

쏴아아아아!

고즈넉한 느낌이 물씬 풍기는 고풍스러운 료칸의 대문 앞
에 선 화수는 김태하 소령에게 무전을 청했다.

"김태하 소령, 안의 광경은 좀 어때?"

―한산합니다. 다른 것은 몰라도 꽃놀이 한번 제대로 온 것
같습니다.

"잘되었군."

이사진 두 명이 잡혀 있는 것으로 알려진 일본 가나자와의
고급 료칸은 오늘 야차 중대가 돌파하여 VIP를 구해내야 하
는 작전지역이다.

5천 평 규모의 료칸은 총 네 동으로 이뤄져 있는데, 넓은
마당과 연못, 온천탕, 대형 연회장에 100명 이상 묵을 수 있는
객실도 마련되어 있었다.

료칸의 도면은 가나자와 시에서 얻어냈지만 저들이 과연

VIP를 어디에 억류하고 있는지는 알 도리가 없었다.

더군다나 료칸은 고대 전통 방식으로 지어졌기 때문에 건축 자재가 전부 나무로 되어 있었다.

때문에 포병력의 지원이나 공중 지원은 기대하기가 어려웠다.

화수는 개인 무장을 다시 한 번 확인한 후 침입을 시도하기로 했다.

제1팀은 화수가 팀장을 맡고 제2팀은 제이나, 제3팀은 황문식이 맡았다.

"무전의 수신 감도를 체크한다."

―2팀, 양호.

―3팀, 아주 좋습니다.

각 팀에는 저격수가 한 명씩 배치되어 있으며 야차 여단 정보 중대에서 지원받은 방패병과 기관총 사수도 한 명씩 추가로 배치되어 있었다.

13명씩 인원을 맞춘 야차 중대는 진입을 시작하였다.

제1팀장인 화수가 동쪽 입구가 보이는 기왓장 담장을 넘었다.

파바밧!

그 뒤를 따라 2인 1개 조로 담을 넘기 시작했다.

한 사람이 발을 받쳐 올려주면 그다음 사람이 손을 내밀어 그를 끌어 올려 주는 형식이다.

대략 10초 만에 전 인원이 담장을 넘어 작전지역 알파에 도착하였다.

"알파팀, 작전지역 알파에 도착했다."

─입감. 브라보팀 지금 돌입하겠다.

브라보팀은 지붕을 통해서 돌입하고, 델타팀은 지하 수로를 통해 들어가 온천탕으로 다시 나오는 경로를 선택하였다.

알파 지역에는 두 개의 헛간과 넓은 정원을 보유하고 있어서 은, 엄폐가 용이했다.

화수는 알파팀 저격수인 김태하 소령에게 전방 탐색을 지시하였다.

척척.

수신호를 받은 김태하가 스코프로 적의 경비 병력 위치를 파악하였다.

그는 마당을 돌아다니고 있는 적병과 료칸의 서쪽 입구에 위치하고 있는 병력의 숫자를 파악하였다.

─마당에 넷, 입구에 넷, 그 안에는 얼마나 있는지 파악하기가 힘들다.

"오케이, 알겠다."

화수는 방패를 접고 서브 머신건을 꺼내 들었다.

철컥!

그는 자신의 뒤에 있는 침입조 두 명에게 자신을 따라올 것을 지시하였다.

척척!

화수는 서브 머신건을 든 침투조를 앞세우고 그 뒤를 소총수, 기관총사수, 저격수 순으로 세웠다.

"돌입!"

파바바바밧!

화수는 서브 머신건 탄알집에 내력을 불어넣었다.

스스스스스!

이제 그가 총을 쏘면 그 즉시 내력이 담긴 총알이 앞으로 쏘아져 나갈 것이다.

그는 마당에 서 있는 목표물 네 명을 타격할 수 있도록 각 병력에게 목표물을 지정시켰다.

핑핑핑!

화수가 총탄을 쏘아 보내자 그 뒤를 따라서 줄을 지어 총알이 날아들어 적을 제거하였다.

푸하아아악!

"끄으으으윽!"

야차 중대는 적을 제거하자마자 진격에 탄력을 받아 쏜살같이 달려가기 시작하였다.

파바바바밧!

화수는 입구에 보이는 적을 향해 섬광탄을 집어 던졌다.

"전방에 섬광탄!"

끼릭, 깡!

성인 주먹만 한 섬광탄이 폭발하자 네 명의 적이 시야를 잃었다.

퍼엉!

"으으으흑!"

"사격 개시!"

핑핑핑핑!

단숨에 네 명의 목숨을 앗은 화수는 곧장 서관의 입구를 통과하였다.

서관은 좁은 계단과 이어진 중연회장이 본관과 온천동으로 이어진 모양새였다.

두두두두두!

계단을 타고 올라가려던 화수는 빗방울처럼 쏟아지는 기관총탄에 한 발자국 몸을 뒤로 밀었다.

"전방에 기관총 진지 발견! 저격수!"

―입감.

계단에는 기관총사수 한 명과 소총수 열 명이 야차 중대를 기다리고 있었다.

화수는 즉시 방패를 펼치고 소검을 뽑아 들었다.

스릉!

공간이 협소하기 때문에 장검 대신에 소검을 뽑아 들었지만
그 위력은 결코 장검에 뒤지지 않는다.

김태하 소령이 기관총 사수를 처리하자, 화수가 전방으로
쇄도해 들어갔다.

핑!

"크헉!"

─기관총 사수, 처리 완료.

"좋아!"

화수는 급하게 경사가 진 계단의 벽면을 타고 날아 두 명
의 적을 한꺼번에 베어버렸다.

촤라락!

"으허어억!"

"사격, 사격해라!"

벽을 타고 초상비를 전개하다가 다시 바닥으로 내려온 화
수는 방패를 들고 전진하였다.

팅팅팅팅!

즉시 튕겨나가는 총알을 앞세운 화수는 후방의 소총수들에
게 전방 사격을 명령하였다.

"사격선 정렬!"

─입감!

두두두두!

화수의 파상 공세에 힘입은 알파팀이 적을 압박하자, 그들은 서서히 뒤로 물러서기 시작한다.

하지만 이미 서관은 야차 중대의 손아귀에 들어온 이후였다.

김재성 소령은 기관총으로 남은 소총수들을 아주 손쉽게 처리해 버렸다.

핑핑핑핑!

"커흐으윽!"

─적 제거 성공!

"좋아, 이대로 계속 진격한다!"

화수는 서관을 통하여 본관으로 내려가는 계단을 향해 달려 나갔다.

파바바밧!

그가 본관 통로에 닿았을 때쯤, 양쪽에서 적들이 달려오는 소리가 들렸다

저벅저벅!

화수는 계단 위에 서서 브라보팀에게 연락을 취했다.

"브라보팀, 상황 보고 바람."

─순조롭게 돌입했다. 지금 놈들이 본관으로 몰려가는 것이 보인다.

"좋아, 같이 덮치기로 하지."

―오케이.

그는 자신의 뒤에 일렬로 늘어선 팀원들에게 수신호로 돌입 대기 신호를 보냈다.

'하나, 둘, 셋!'

화수는 방패를 들고 슬그머니 내려가 적들 앞에 당당히 섰다.

그러자 예상치 못한 그의 등장에 당황한 적들이 우왕좌왕하기 시작했다.

"허, 허억!"

"어, 언제 여기까지?!"

"훗, 너희들 같은 떨거지들이나 굼벵이처럼 행동하는 것이다."

화수는 자신의 앞에 선 적의 목덜미를 검으로 베어버렸다.

퍼억!

푸하아아아악!

그의 머리가 아래로 떨어지자마자 후방에서 달려오던 적진에 비명이 들리기 시작했다.

두두두두두!

끄아아아아악!

"왔군!"

화수는 적의 화력을 분산시키기 위하여 왼쪽에서 달려오는 적들을 향해 사격선을 정렬시켰다.

"좌측이다! 좌측으로 화력을 집중시킨다!"

―입감!

철컥!

두두두두두두!

소총과 기관총이 불을 뿜자 일렬로 달려오던 적들이 일부 총에 맞아 사망하였다.

"크허억!"

"숨어라!"

코너를 돌다가 잠시 멈추어 선 적들이 신속하게 은폐하자, 화수는 수류탄을 꺼내어 안전핀을 뽑았다.

팅!

"전방, 수류탄!"

야차 중대는 본관 기둥에 각자 몸을 숨겨 혹시 모를 파편에 대비하였다.

콰아아앙!

세열수류탄이 폭발하면서 적진에 난리가 벌어졌다.

"이런, 씨발!"

"전열을 가다듬어라! 어서!"

적어도 병력의 절반이 사망했을 것으로 예상되는 가운데

화수가 방패를 들고 바람처럼 날아들었다.

파바바밧!

초상비를 밟아 사뿐히 날아간 화수는 적의 코앞에 부드럽게 안착하였다.

그러자 다섯 명의 적이 화들짝 놀라 입을 쩍 벌렸다.

"허, 허억!"

"사람은 항복할 때를 잘 알아야 하는 법이다!"

"이런 제기랄!"

화수의 칼이 적의 목을 한꺼번에 쓸어버렸다.

"파선일격!"

촤라라라라라락!

톱니바퀴처럼 돌아가며 적의 목을 한꺼번에 베어버린 화수는 자신을 뒤따르는 부하들을 데리고 본관 2층으로 향했다.

"계속하여 돌격한다. 브라보팀은 남은 적을 정리한 후 곧장 동관으로 진격하라."

─입감.

알파팀은 부지런히 화수를 따라 걸음을 옮겼다.

*   *   *

한편, 델타팀장 황문식은 지하 수로를 따라서 온천욕장 아래 배수로에 섰다.

촤아아아아!

그는 배수로에 손을 대어보았다.

"미지근하군."

"이대로 진격합니까?"

그는 고개를 저었다.

"아니, 여기서 잠깐 대기한다."

황문식은 계단을 타고 위로 올라가 적의 동태를 살피기로
했다.

그는 가방에서 스네이크캠을 꺼내어 배수로 안으로 집어넣
어 욕탕을 수색하였다.

지이이이잉.

온천욕탕은 총 세 개의 탕으로 이뤄져 있었는데 남탕과 여
탕의 구분이 없었다.

목욕을 즐기고 있는 사람들은 없었고 내부는 아주 깔끔하
게 정리되어 있었다.

그는 조금 더 정밀하게 수색하기 위하여 잠망경을 위로 올
렸다.

그러자 저 멀리서 저격탄이 날아들었다.

피융!

쨍그랑!

"제기랄!"

황문식은 재빨리 계단을 타고 내려가 적의 조준선에서 물러났다.

그는 곧장 부하들을 뒤로 물리기로 했다.

"적이 이미 대기하고 있다. 수류탄이 떨어질지도 모르니 이곳에서 벗어난다."

"예!"

델타팀은 적의 수류탄 투척에 대비하여 멀찌감치 뒤로 물러났다,

그러자 기다렸다는 듯 수류탄이 떨어져 내렸다.

팅팅팅팅!

철제 사다리에 이리저리 부딪히면서 내려온 수류탄은 지면에 닿자마자 폭발하였다.

콰앙!

황문식을 따라나선 정보 중대의 인원은 가슴을 쓸어내렸다.

"휴우, 하마터면 죽을 뻔했습니다."

"잘못하면 머리가 날아가는 것 아니었습니까?"

"그나마 지금은 상황이 좋은 편이다. 긴장 풀면 내 손에 먼저 죽는다."

"예, 예!"

평소엔 워낙 웃음이 많고 유쾌한 황문식이기에 이따금 그

와 초행길에 나선 군인들은 적지 않게 당황하곤 한다.

하지만 그 모습이야말로 황문식의 진면목이라고 할 수 있었다.

그는 우회로를 찾아보기로 했다.

지도를 펼친 그는 지하 수로 전역을 아주 면밀히 살피기 시작했다.

핑핑핑!

하지만 철제 사다리 위에선 서서히 적들의 사격이 펼쳐지고 있었다.

"난리도 아니군."

"팀장님, 어떻게 합니까?"

"어떻게 하긴, 내려오면 싸우면 그만이고 안 내려오면 시간을 버는 것이고."

황문식의 입장에선 자신이 희생하여 본대가 무사하다면 그것으로 족하고 만약 작전에 성공하면 선방하는 것이다.

그러니 적들이 내려오든 말든 상관이 없었다.

타앙!

저격총까지 마구 포화를 쏟아붓는 가운데 황문식이 갈피를 잡았다.

"오케이. 좋았어."

그는 지하 수로에서 유일하게 적의 후미로 접근할 수 있는 길을 지목하였다.

"상수도 저장 탱크로 가자."

"저장 탱크의 온도는 섭씨 10도 이하입니다! 게다가 바닥에서 입구까지 적어도 3분은 족히 걸릴 겁니다. 잘못하면 다 죽는다고요!"

"그렇다고 여기서 다 죽을래?"

"그건 아니지만……."

"따라오지 않을 것이면 여기 남아도 좋다. 굳이 강요하지는 않겠다."

황문식을 오래도록 따라온 백성희나 조희성 등은 대수롭지 않게 여기며 그의 뒤를 따라갔다.

"팀장님, 오늘 작전 끝나면 도쿄로 가는 겁니까?"

"도쿄? 갑자기 도쿄는 왜?"

"시부야클럽이 또 그렇게 진국 아닙니까?"

"음, 그건 그렇지."

"그럼 가는 겁니까?"

"아니, 그건 아니지. 교토에 내가 아는 좋은 곳이 있어. 우리는 남들이 다 가는 그런 클럽엔 또 안 가지."

"아아, 그런 겁니까?"

"…하여간 호색한들. 여기까지 와서 꼭 음주 가무 얘기를 해야겠어?"

"뭐, 인생의 낙이 또 어디에 있겠어? 안 그래?"

"좋을 대로 하시죠. 어차피 난 관심도 없으니까."

태연하게 일상적인 얘기를 하는 그들을 바라보며 정보 중대원들은 고개를 가로저었다.

"역시 후방 침투는 아무나 하는 것이 아니구나."

황문식과 그 동료들이 뒤도 돌아보지 않고 물탱크로 향하자, 그들은 어쩔 수 없이 뒤를 따를 수밖에 없었다.

앞서가던 황문식이 뒤따르는 정보 중대원들을 바라보며 말했다.

"안 올 것 같더니 왜 따르는 건가?"

"그건……."

그는 웃고 떠들던 얼굴을 숨기고 아주 싸늘하게 식은 표정으로 말했다.

"지금 미리 말하겠다. 다음부터 팀워크를 흐리는 행동을 다시 한 번 보인다면 그 자리에서 사살하겠다. 알겠나?"

"죄, 죄송합니다!"

"군대는 까라면 까는 곳이다. 너희들은 이곳에 남아 적진을 돌파했다고 해도 본진으로 돌아가 어차피 죽었을 것이다. 우리의 대장은 실수는 용납해도 팀워크를 흐리는 반항은 용납하지 않으니까."

"명심하겠습니다!"

사실 이들의 반항에 별다른 소리를 하지 않은 것은 일종의 테스트였다.

이렇게 팀워크가 안 맞는 사람들을 데리고 적의 후방으로 들어갔다간 어차피 다 죽을 테니 이쯤에서 불순분자를 걸러 내려던 것이다.

다행히 그들은 시험에서 통과했지만 당분간 군에서 생활하기가 무척이나 힘들어질 것이다.

그 사실을 이제야 깨달은 그들이지만 이미 물은 엎질러진 이후였다.

*   *   *

같은 시각, 동관으로 진격하는 브라보팀의 군복에 혈흔이 가득하다.

제이나는 얼굴에 묻은 피를 소매로 스윽 닦아냈다.

"개떼처럼 달려드는군. 이놈들, 용병이다."

"용병이요?"

"어떤 국가에 소속된 것도 아니고 테러리스트도 아니야."

"용병은 돈을 받고 일하는 놈들인데 이렇게 목숨을 걸고 달려들까요?"

"원칙적으로는 그렇지. 하지만 용병들도 빚이 많으면 목숨을 기꺼이 버릴 수 있다."

"아아!"

용병 중에선 생업을 위한 돈벌이로 작전에 참가하는 경우가 많았지만 그렇지 않은 사람도 꽤 많았다.

큰 빚을 졌거나 생활고에 시달리는 사람들은 목숨을 걸고 전장을 찾았고, 그런 그들을 데려다가 쓰는 국가나 단체가 꽤 많았다.

제이나는 전장에서 이런 모습을 보이는 사람들은 오로지 한 부류라는 것을 너무나도 잘 알고 있었다.

"빚이 많은 용병들은 정말이지 물불을 가리지 않는다. 그러니 이렇게 득달같이 달려들어 싸울 수밖에 없는 것이지."

"그렇군요. 처음으로 알았습니다."

정보 중대 제1소대장 이민경은 제이나의 박학다식한 모습에 경외의 눈빛을 보냈다.

"대령님, 존경합니다!"

"갑자기 그게 무슨 뚱딴지같은 소리야?"

"멋있습니다!"

제이나는 실소를 흘렸다.

"훗, 멋? 군대에 그런 것은 없어. 오로지 생존을 위한 본능만 있을 뿐이지. 자네가 내 나이쯤 된다면 싫어도 비슷한 모습이 되어 있을 것이다. 물론 내가 중위이던 시절엔 사정이 지금보다 훨씬 좋지 않았지만 상황이 좋든 나쁘든 수렵 부대에 있다는 것은 항상 똑같아. 목숨을 내걸고 싸우는 법이지."

"말씀 감사합니다!"

"감사할 것 없어. 죽지 말라고 해준 소리니까."

제이나는 중화기 사수로 저격수로 참여한 최지하에게 다음 행선지에 대해 물었다.

"최지하 중령, 다음 작전지역이 어디지?"

"이곳에서 좌측으로 돌아가면 동관으로 이어지는 길이야. 그곳을 통과하면 곧바로 목표 지점이지만 길목이 협소하고 적이 진지로 삼을 수 있는 조형물이 많아서 조심을 기하는 것이 좋겠어."

"오케이, 좋아. 그럼 최지하 중령이 지시하는 대로 전진하고 정지하면서 진격한다."

"예, 알겠습니다!"

최지하 중령은 속이 훤히 들여다보이는 통로 후방에 위치한 벚나무 위로 올라가 자리를 잡았다.

그녀는 적의 위치를 아군에게 알려주고 위험 요소를 제거하는 역할을 하기로 했다.

─여기는 몽블랑, 본대 수신 감도 체크 바란다.

"양호. 적의 위치는 잘 보이나?"

─아주 잘 보인다.

최지하는 브라보 본대에게 적의 첫 위치에 대해서 설명하였다.

—전방에 소총수 열 명, 기관총 사수 두 명이 보인다.

"으음, 꽤 많은데?"

—이건 시작에 불과하다. 뒤로 적들이 줄줄이 달려오고 있어. 기관총 사수는 바짝 긴장하도록.

"이, 입감!"

제이나는 방패를 든 박명태 중위의 어깨를 툭툭 쳤다.

"자, 가지."

"예!"

그가 진격하자 후방에서 적의 탄환이 비 오듯 쏟아지기 시작했다.

두두두두두두!

박명태가 방패를 들고 힘겹게 버티고 있을 무렵, 후방에서 저격탄이 날아들었다.

핑핑핑핑!

한 발에 한 발씩 차근차근 적들이 쓰러지자 그를 압박하던 탄환의 숫자가 현저히 줄어들었다.

하지만 콘크리트 조형물 안에 숨은 기관총 사수를 잡는 것이 쉽지가 않았다.

—브라보 장, 전방에 보이는 다각형 조형물에 기관총 사수

가 숨어 있는 것 같다. 저놈을 제거할 수 있겠나?

"으음, 물론이지. 잠시만."

그녀는 자신의 뒤에 있는 정은우 소령에게 손가락으로 목표물을 지목했다.

"정 소령, 저 안에 있는 놈 좀 잡아줄 수 있어?"

"뭐, 그러지요."

정은우는 눈대중으로 각도를 조절한 후 유탄발사기의 가늠자를 눈에 고정시켰다.

"으음, 이쯤이면 들어가겠는데?"

"구, 구멍이 없습니다만?"

"있어."

"어디……."

"있다고 믿으면 있는 것이지."

그는 멀쩡한 벽으로 유탄을 발사하였다.

뿅!

벽에는 물컹물컹한 조형물들이 달려 있었는데, 이것이 불빛에 반사되어 봄의 분위기를 물씬 풍겨내고 있었다.

일동은 정은우가 실수했다고 생각했다.

"소령님, 이건……."

"기다려 봐."

물컹물컹한 조형물에 맞은 유탄이 한차례 튕겨 나가더니 이

내 다각형 조형물의 모서리에 맞아 또르르 굴러갔다.

땡그랑!

유탄은 마치 당구대 위의 공처럼 좌로 회전하며 굴러가더니 반대편에 있는 모서리에 맞아 작은 환풍구로 쏙 빨려들어갔다.

잠시 후, 다각형 구조물 안에서 단발의 폭발음이 들려왔다.

콰아아앙!

"허, 허어!"

"당구를 쳐본 적이 없는 모양이지?"

"그, 그건 아니지만……."

"앞으로 당구 좀 쳐. 그래서 무슨 유탄수를 하겠어?"

전투와 전투를 통하여 다져진 정은우의 노련함은 신입 대원들에게 경외 그 이상의 모습이었다.

그러나 제이나나 최지하에겐 그저 일상적인 일에 불과했다.

"좋아, 정 소령. 계속 진군하자고."

"잘 쐈는데 뭐 없습니까?"

─죽빵은 안 칠게.

"갑자기 무슨 죽빵을 칩니까?"

─내 마음이지.

"…하여간 다들 성격이 이상해."

투덜거리며 진군하는 정은우이지만 그 모습마저 신입들에

겐 군신처럼 보였다.

*　　　*　　　*

본관 2층으로 올라가는 길, 화수는 벽을 손으로 두드리면서 걸어가는 중이다.

쿵, 쿵!

아마도 지금 적들은 화수와 야차 중대가 걸어오기를 기다리고 있을 테니 소리로 그들을 유인하면 충분히 교란 효과를 볼 수 있기 때문이다.

그가 유도한 대로 적들이 혼란을 느끼고 긴장한 티가 났다.

화수가 낸 소리가 점점 커져 정점을 찍을 무렵, 먼저 탄환이 튀어나왔다.

두두두두두!

그들이 총을 먼저 쏘았으니 위치가 노출된 셈이다.

이렇게 협소한 가옥 내 전투에서 선공은 자신의 위치를 노출시키는 행위이기 때문에 적을 죽이지 못하면 반대로 자신이 죽을 수도 있었다.

화수는 자신이 서 있는 곳의 벽을 가리키며 김재성에게 말했다.

"관통 사격이 가능하겠나?"

"물론입니다."

철컥!

김재성 소령은 골뱅이의 내장처럼 꼬이고 꼬여 있는 벽을 향해 총을 내갈기기 시작했다.

두두두두두두!

그러자 반대편에서 적들의 비명이 울려 퍼졌다.

"크허어어억!"

"이런 씨발!"

"쯧, 멍청이들이군."

화수는 승기를 잡았으니 굳이 고생을 할 필요가 없겠다고 판단했다.

그는 창문으로 슬그머니 나가 2층을 향해 기어 올라가기 시작했다.

─후방을 치실 겁니까?

"그렇다. 그곳에서 계속 사격할 수 있도록."

─예, 알겠습니다.

화수는 한 손에 칼을 들고 벽을 타고 오르기 시작했다.

파바바바밧!

그의 신형이 날아들어 도착한 곳은 적들이 몰려 있는 곳이었다.

화수는 CS탄을 꺼내어 유리창 너머로 집어 던졌다.

쨍그랑!

최루탄이 터지자마자 적들이 미친 듯이 기침을 하기 시작했다.

"쿨럭쿨럭!"

"창문을 열어!"

화수는 눈물 콧물을 쥐어짜는 적들이 여는 창문 틈으로 섬광탄을 밀어 넣었다.

퍼엉!

그러자 눈앞이 흐려져 적들이 방황하기 시작했다.

"이런 빌어먹을!"

"어, 어쩝니까?"

"어쩌긴, 일단 숨어!"

"하지만 뭐가 보여야 숨을 것 아닙니까?!"

화수는 조용히 무전기를 잡았다.

"놈들이 아주 난리를 치는군. 알아서 정리하게."

—입감.

김재성 소령은 기관총으로 방황하는 적들을 마구 쏴 죽이기 시작했다.

두두두두두두!

"으헉, 으허어억!"

총알을 맞은 적들이 거의 걸레 조각이 되어 쓰러지자 김재성 소령은 수류탄을 두 개 투척했다.

"전방에 수류탄!"

콰과과광!

이제 적들은 산산조각이 나서 더 이상 일어날 수 없게 되었다.

하지만 그들의 콤비에 경외와 두려움을 함께 느낀 후임들 역시 같이 굳어버렸다.

김태하 소령은 그들의 머리통을 후려쳤다.

퍼억!

"정신 차려."

"예, 예!"

"대장님께로 간다."

"예!"

야차 중대의 인원은 꾸역꾸역 걸어서 본관 2층으로 향했다.

＊　　　＊　　　＊

본관 2층으로 올라선 화수는 추가로 열 명의 적을 더 제거하였다.

이미 정보 중대가 요인들의 위치를 모두 다 파악하였기 때문에 그들을 심문할 필요가 없었음으로 작전의 마무리는 아주 쉬웠다.

억류에서 풀려난 이사진이 화수에게 꾸벅 고개를 숙였다.

"감사합니다! 정말 감사합니다!"

"별말씀을요. 그나저나 저놈들이 두 분께 별다른 짓은 하지 않았습니까?"

"우리에겐 위협만 가할 뿐 별다른 가해는 취하지 않았습니다."

"주식의 양도 각서 때문이었을까요?"

"아무래도 그런 것 같습니다. 저들이 우리를 억류한 것은 모두 주식 때문이었으니까요."

"그렇군요."

두 사람은 화수에게 흥미로운 얘기를 해주었다.

"그런데 그들이 말하는 것을 들어보니 납치를 계획한 기업이 우리 광명그룹만은 아닌 것 같더군요."

"납치를 계획한 기업이 또 있다고요?"

"일본과 중국의 재벌을 같은 방식으로 납치할 것이라고 하더군요."

"재벌들이라……."

"그들의 목적이 무엇인지는 몰라도 조만간 난리가 날 것으로 생각됩니다."

"혹시 그들의 정확한 프로필에 대해선 모르십니까?"

"거기까진 잘 모르겠습니다."

화수는 강하나 소령에게 지금 들은 이 사안을 강제에게 알릴 것을 지시하였다.

유엔조사단에서 이 사실을 알게 된다면 일본과 중국의 재벌들에게 사전 경고를 보낼 수 있기 때문이다.

그녀의 광대역 무전기가 한차례 송신을 한 후 야차 중대의 전술 비행기에 시동이 걸렸다.

휘이이이잉!

두 명의 이사가 료칸을 떠나는 가운데 자운대의 후송 병력이 찾아왔다.

그들은 이곳에 널려 있는 시신들을 처리하고 료칸을 제자리로 되돌려 놓는 역할을 맡았다.

자운대의 책임자가 화수에게 경례를 올렸다.

척!

"반갑습니다. 위명은 익히 들었습니다."

"위명이랄 것도 없습니다."

그는 약도가 그려진 쪽지를 화수에게 건넸다.

"받으시지요."

"이게 뭡니까?"

"노부사 히로유키 준장님께서 보내신 겁니다."

화수는 약도를 고이 접어 주머니에 잘 갈무리하였다.

노부사 히로유키는 화수에게 정보를 제공해 주는 사람이니 뭔가 중대한 사안이 있는 것이 분명했다.

그는 야차 중대를 먼저 한국으로 돌려보냈다.

"다음 작전지역에서 만나도록 하지."

"예, 알겠습니다."

화수는 가나자와의 한 사찰로 향했다.

제5장
엘프 첩보단

　가나자와의 외곽에 위치한 '현금사'에는 아침부터 종소리가
울려 퍼지고 있었다.

　때앵, 때앵!

　노부사 히로유키는 산사의 계단을 타고 오르는 화수를 바
라보며 외쳤다.

　"어서 와요!"

　"오랜만입니다."

　"그래요. 그동안 승승장구하여 장성의 반열에 올랐다고요?"

　"승승장구는 아닙니다. 간신히 목숨을 건지다 보니 이렇게 된 것이지요."

"뭐, 아무튼 축하해요."

그녀는 화수에게 산책을 권하였다.

"좀 걸을까요?"

"좋지요."

노부사는 화수에게 '일급 기밀'이라는 딱지가 붙은 파일을
한 부 건넸다.

"받아요."

"이게 뭡니까?"

"보면 알겠죠?"

현금사의 주변에는 벚꽃이 만개하여 온통 분홍색 물결이
일렁이고 있었다.

화수는 벚꽃의 비를 맞으며 파일을 읽어보았다. 그의 시선
을 끄는 것은 파일의 도입부부터였다.

'엘프족 특작부대'

그의 고개가 살며시 좌로 기울었다.

"어라? 엘프족?"

"아시다시피 엘프족은 지금 러시아에서 자치령을 받아 생
활하는 중입니다. 그들은 해당 지역의 주민들과 시장을 형성
하고 나름대로의 경제활동을 하면서 살아가고 있습니다. 유엔
은 그들의 영토를 국가로 인정하고 벌어들이는 재화로는 주변

의 영토를 구매하고 있는 중이지요. 러시아에선 불모지를 개간하여 주변의 환경을 개선하는 그들에게 오히려 아주 싼값에 땅을 제공하고 있는 실정이고요."

"흠."

"그런 그들이지만 평화 속에서도 스스로를 지킬 능력은 필요했습니다. 그래서 군대를 조직했지요."

화수가 미처 신경 쓰지 못하는 와중에도 그들은 계속해서 성장하여 국가를 이루고 군대까지 조직하는 성과를 올리고 있던 모양이다.

보고서에는 엘프족 군대에 소속된 특작부대가 수집한 정보가 대거 나열되어 있었다.

그중에서도 특히나 눈에 띄는 것은 바로 제네시스 스쿼드의 흑막에 대한 것이었다.

이미 보고서를 읽어본 그녀는 화수에게 그 상황에 대하여 설명했다.

"혹시 이클린트에 대한 얘기를 들어본 적이 있어요?"

"이클린트요?"

"아마 처음 들어보겠지요. 스토니필드 그룹을 좌지우지하는 세력의 수장으로서 이른바 제네시스 스쿼드의 수장으로 거론되는 인물입니다."

"……!"

"일반인으로 구성된 정보부대는 해내지 못했지만 엘프족은 그 정체를 밝히는 데 성공했습니다. 이 과정에서 몇몇 부대원이 실종되었으나 대단한 성과를 올린 것은 분명한 사실이지요."

"흠."

"아무튼 간에 알레이나 부족장께선 지금 당장 이 일에 대한 논의를 위해 강화수 준장을 만나고 싶어 하십니다."

화수는 그녀의 제안에 흔쾌히 고개를 끄덕였다.

"물론입니다. 부르신다면 당연히 가야지요."

"작전은 제이나 대령 등에게 맡겨놓고 말레이시아로 갑시다."

"말레이시아요?"

"자바섬에서 만나자고 제안했습니다. 그곳에서 누군가를 또 만나야 한다고 말씀하셨습니다."

화수는 지금까지 계속해서 미뤄져 오던 드래곤 로드와의 만남이 오늘 성사될 것이라고 생각했다.

그는 작전의 참가를 미뤄놓고 말레이시아로 향했다.

*　　　　*　　　　*

엘프족장의 딸이자 세계수의 열매인 알레이나는 일찌감치

화수를 기다리고 있는 중이다.

고오오!

들끓는 용암을 앞에 둔 그녀이지만 표정에는 아무런 변화가 일어나지 않았다.

그녀의 앞에 있는 거대한 드래곤 루키엘드란이 자신을 지켜 줄 것임을 너무나도 잘 알고 있기 때문이다.

평온한 표정의 그녀 곁으로 불의 정령왕 니켈렌이 다가왔다.

―인간은 아직인가?

"이곳까지 오려면 아무래도 시간이 걸립니다. 그는 당신처럼 시공간을 초월한 존재가 아니거든요."

―음.

불의 정령왕이라는 수식어에 걸맞은 조바심은 어쩌면 그의 본능이라고 할 수 있을 것이다.

잠시 후, 그런 그의 조바심을 단 한 방에 해결할 사람이 나타났다.

파바바바밧!

불의 결계를 뚫고 들어온 화수가 알레이나를 찾았다.

"부족장님."

"오셨군요."

니켈렌은 화수가 자신의 결계를 뚫고 들어온 것이 놀랍고 신기한 모양인지 흠칫 놀라며 그를 바라본다.

　―인간, 대단하군. 불의 정령왕이 만든 결계는 상급 마족조차 뚫고 들어오기 힘든 것이다. 그런 결계를 인간이 뚫었다는 것은 거의 불가능에 가까운 일이다.

　"결계가 있는 줄 몰랐습니다. 만약 결례를 범했다면 사죄드리지요."

　―아니, 그저 내가 모자란 탓이다. 로드께서 기거하시는 곳의 결계를 이리도 허술하게 쳐놓았다니.

　이윽고 세 사람의 앞에 거대한 붉은색 눈동자가 드리워져 왔다.

　쿠르르르르!

　불길이 일렁이는 눈동자와 탐스러운 붉은색 갈기털은 드래곤 로드 루키엘드란의 상징과도 같은 것이다.

　그는 화수에게 먼저 인사를 건넸다.

　―그대가 바로 우리 이방인들을 대신하여 마족의 하수인들을 없애준 인물인가?

　"먼저 찾아뵙고 인사를 드렸어야 하는데 그러지 못해서 죄송합니다."

　―그럴 필요 없네. 지금까지 이 지구를 지켜온 것만으로도 자네는 충분히 칭송을 받을 가치가 있는 사람이야.

　"과찬이십니다."

루키엘드란은 압도적인 위용을 자랑하는 상체를 들어 올려 앞발로 몸을 지탱하며 앉았다.

쿠그그그!

그의 움직임 한 번에 인간으로선 도저히 상상조차 할 수 없는 이 거대한 동굴이 마구 흔들렸다.

하지만 그것은 이내 잠잠해져 언제 그랬냐는 듯 평온을 되찾았다.

루키엘드란은 사람이 가장 듣기 편안 음량과 부드러운 음성으로 화수에게 말했다.

─오늘 굳이 내가 자네를 찾은 이유에 대해서 궁금할 것이네.

"예, 그렇습니다. 그렇지 않아도 언젠가는 찾아왔어야 할 자리입니다만, 특별히 저를 부르신 이유가 있을 것이라고 생각됩니다."

그는 엘프족 전사들이 알아낸 이클린트라는 사람에 대해 언급하였다.

─이클린트라는 이름을 전해 들었으리라 생각하네.

"예, 그렇습니다."

─이클린트. 솔직히 우리 드래곤에게도 그는 딱히 달가운 사람은 아니야. 이 모든 사건의 발단이 그에게 있기 때문이지.

"그렇다면 이클린트가 원래 이곳에서 살던 사람이 아니라는 말씀이십니까?"

―이클린트는 원래 마계에서 살던 중급 마법사였다네. 그는 마계의 초월체인 대마신들에게 마법을 배워 그것을 마족에게 맞도록 개량하고 보급한 최초의 마족일세. 마족으로서는 드물게도 인간들의 세상에 발을 들인 사람이기도 하지.

화수는 일전에 니켈렌을 통하여 마족에 대해서 전해 들은 적이 있다.

"마족은 지하 세계의 몬스터들을 부리는 종족이라고 전해 들었습니다. 그리고 드래곤 일족이 차원의 틈을 수호하는 틈을 타서 반란을 일으켰다고요."

―그래, 마족은 분명 우리 드래곤 일족과 마계의 초월체인 대마신들이 맺은 언약을 깨고 봉기를 일으켰어. 하지만 모든 마족이 그 봉기에 동참한 것은 아니었다네.

그는 마계에 대해서 설명하였다.

―마계는 신적인 존재이자 조율자로 군림하는 초월체 대마신과 마족으로 구분되는데, 마족 중에서도 그 계급이 다섯 개로 나뉘어 엄청난 차별을 받았어. 대마신들의 뜻을 받아 마계 전역으로 설파하며 그것을 이행하는 마왕들, 그리고 그들의 신하인 귀마족들이 마계를 통제한다고 볼 수 있었지. 그 예하에는 상마족, 중마족, 평마족 순으로 계급을 구성하는데 이들의 아래에는 한낱 마물보다 못한 취급을 받는 노예 계층이 있

었어. 자네도 알다시피 마족들은 마계의 온갖 몬스터를 부릴 수 있는 힘을 가지고 있는데, 노예들은 이 몬스터들보다 오히려 하위 계층이라고 볼 수 있지.

"음, 고대의 봉건주의를 보는 것 같군요."

─어느 시대, 어느 사회에서나 계층이 없을 수는 없지만 마족은 특히나 심했어. 귀마족들에게 있어서 노예는 거의 먼지와 같았거든.

"그렇군요."

─더군다나 마족들이 초고도의 문명을 이루면서부터는 그 상황이 점점 더 심각해졌어.

그는 자신의 비늘 사이에 품고 있던 새까만 수정을 하나 꺼내어 화수에게 내밀었다.

─이게 무엇인지 아는가?

"처음 보는 물건입니다.

알레이나는 칠흑처럼 어두운 수정을 보자마자 소스라치게 놀라며 뒷걸음질 쳤다.

"흑마석?!"

"흑마석이요?"

"마족들이 마계 전역에 널려 있는 죽음의 기운과 자연의 기운을 섞어서 만든 일종의 에너지 저장 장치입니다. 몬스터의 코어가 이것과 비슷한 구조를 가지고 있지요."

"아아, 그렇군요. 그렇다면 이것이 동력의 역할을 했겠군요."

"그래요. 마족들은 이 흑마석을 통하여 고도의 문명을 이룩할 수 있었지요."

루키엘드란은 알레이나의 말에 살을 붙여서 설명을 이어나갔다.

─마족은 기본적으로 빛을 보지 못하면서 살아온 지하의 종족일세. 이들은 죽음의 기운과 가장 친숙한 종족이라 할 수 있지. 그래서 죽음의 기운을 마치 도구처럼 사용할 수 있는 능력을 얻게 되었어. 대마신들은 이 죽음의 기운, 즉 마기를 사용하여 전혀 새로운 힘을 발현할 수 있는 방법을 터득하여 그것을 고도의 문명으로 바꾸어놓았지. 그 밖에도 대마신들은 자연 상태의 마나를 자유자재로 다룰 수 있는 마법이라는 학문도 정제하였고, 죽은 자들을 되살려 낼 수 있는 사령술도 개발하였다네. 그리고 결정적으로는 이 마기와 마법 덕분에 몬스터들이 그들의 발아래 굴복하고 스스로 하수인을 자처하게 된 거야.

"그렇다면 그들이 가진 군대는 엄청났겠군요."

─물론이지. 마계에서 끌고 온 몬스터들의 힘은 우리 중간계에선 상상조차 할 수 없을 정도로 강력했어. 아마 인간들이 이런 몬스터들과 제대로 대면하게 된다면 곧장 멸망을 맞이할 수밖에 없을 거야. 자네도 잘 알지 않나? 혼돈과 레비아탄

말이야.

"예, 그렇습니다. 하마터면 세계가 멸망할 뻔했지요."

―하지만 그건 새 발의 피에 불과하네. 마계에는 레비아탄보다 훨씬 강력하고 무시무시한 몬스터들이 즐비해. 그렇기 때문에 우리 드래곤들이 차원의 틈을 목숨 걸고 지키려고 하는 것이네.

마족의 설명을 모두 듣고 나니 화수는 지금의 상황이 더욱 공포스럽게 느껴졌다.

그가 생각하던 것보다 사태가 훨씬 더 심각했기 때문이다.

―아무튼 이런 마족들이 지하 세계에서 살아가는 모습은 한편으론 호화롭고 조화로워 보였지만 실상 노예들에겐 그게 아니었다네. 살아서는 귀족들에게 희생되어 평생 노역을 하다가 생을 마감하고 죽어 시신이 된 이후엔 언데드가 되어 되살아나 다시 그들에게 시신이 가루가 될 때까지 노역을 당하다가 사라지곤 했지.

"허, 허어."

―마계가 마기문명을 이룩하고 고등종족으로서 거듭난 것은 틀림없는 사실이지만 그만큼 어두운 면이 많은 것도 사실인 셈이지.

"만약 그렇다면 봉기를 일으킨 계급이 노예일 가능성이 높겠군요."

―원론적으로 본다면 맞는 사실이지. 왜냐하면 봉기는 노예의 자식이자 평마족으로 태어난 사람에 의해서 행해진 일이니까.

"노예의 자식이자 평민 출신이라……."

―마기를 통제하는 능력이 비이상적으로 발달했던 마법의 천재, 바로 이클린트라네.

그는 이클린트가 어떤 방식으로 봉기를 일으켰는지 회상하였다.

―그러니까… 이클린트가 처음 반란을 도모한 시절이 아마 4천 년 전일 거야. 그때의 마기문명은 신체와 정신까지 초월할 정도로 발달되어 있었는데, 그만큼 폐단이 많았어. 부정과 부패, 기득권층의 횡포가 날이 가면 갈수록 심해졌지. 이클린트는 노예 아버지와 마왕족 어머니 사이에서 태어났어. 당연히 어려서부터 핍박을 받아왔고 신분 때문에 출셋길이 막혀 입신양명할 길도 막막했지. 그런 그가 마족답게 살 수 있는 일이 뭐 그리 많았겠는가? 결국 그는 마계의 뒷골목으로 숨어들어 자신을 추앙하는 세력을 만들어내기 시작해. 그 세력이 바로 지금의 사달을 만들어낸 '제레교'라네.

"제레교!"

―제레교는 마족은 모두 평등하다. 고로 노예는 억압에서 자유로울 권리가 있다고 설법을 펼치고 다녔어. 그 결과, 무려

5억이 넘는 인구가 제레교에 가입하여 열성적인 신자를 자처하게 되었지.

"대단하군요. 5억이라는 인구가 신도가 되었다니."

―그뿐만이 아니었어. 노예들에게 부족한 마기의 통제 능력을 향상시키기 위하여 관공서를 공격하여 흑마석을 탈취하고 그것으로 마도병기를 만들어냈지. 이게 바로 제레교의 힘이 되어 발현된 것이야.

"5억이라……. 그 엄청난 인구가 모두 병사로 참전하였다면 전쟁은 보나마나 뻔했겠군요."

루키엘드란은 고개를 저었다.

―아니, 오히려 그 반대였어. 마족의 노예들은 대마신과 그 신하들이 가진 파급력을 당해낼 수가 없었어. 그들이 가진 군대는 이미 마족을 초월한 힘을 보유하고 있었거든.

"흠."

―거듭되는 패배에 반란군의 기세가 꺾일 때쯤 이클린트는 어머니이자 왕족인 세므리엘라에게 차원이동에 대한 단서를 얻게 된다네. 그것은 바로 중간계로 진격하여 우리 드래곤들이 지키고 있는 차원의 틈을 부수고 지구라는 공간으로 나아가 새로운 영토를 개척하는 일이었지.

"그렇다면 지금 이 몬스터들의 창궐은 그들의 파상 공세라고 할 수 있습니까?"

―그것을 위한 전초전이라고 볼 수 있지. 내가 말했다시피 이클린트는 전쟁에서 패배했어. 때문에 군대에 남아나는 것이라곤 몬스터와 그들을 통제하는 패잔병뿐이었지. 그래서 그는 차원의 틈 중간에 군대를 숨겨두고 자신 혼자만 지구로 차원이동을 시도한 거야. 그로 인해 그는 대거 힘을 잃었고, 그 때문에 아직까지 대규모 소환이 이뤄지지 못한 것이지. 그래서 때때로 아공간이 열려 몬스터가 급격히 출몰하고 정체를 알 수 없는 새로운 몬스터가 창궐하는 것일세. 그는 무려 4천 년 전부터 천천히 일을 진행하여 지금에 이르게 된 거야.

"그렇군요. 이제 인류가 처한 위기가 어디서부터 온 것인지 알 수 있을 것 같습니다."

화수가 지금까지 겪은 일은 모두 이클린트와 제레교의 소행으로서 그들은 지구를 삼키기 위한 전초전을 벌이고 있었던 것이다.

한마디로 지금까지 일어난 일들은 더 큰 사건의 서막에 불과하다는 소리였다.

"그렇다면 제네시스 스쿼드라는 놈들은……."

"아무래도 제레교의 원 교리와 기독교의 성경을 아주 교묘하게 섞어서 새로운 종교를 탄생시킨 것 같습니다. 한마디로 제네시스 스쿼드는 제레교의 하부 조직이나 다름없는 것이지요."

"그렇다면 지금 전 세계에 퍼져 있는 제레교는 뭡니까?"

"정체를 숨기기 위한 수단에 불과했습니다. 애초에 드래곤 일족의 수호지를 뚫고 들어온 원수지간인데 숭배할 이유가 없지요."

"모든 나쁜 것은 다 이클린트라는 작자가 펼쳐놓은 덫인 셈이군요."

"그렇지요. 하지만 그놈의 입장에선 이 모든 것이 종족을 보존하기 위한 몸부림일 겁니다."

"그렇다고 타 종족에게 몬스터의 DNA를 주입시키는 엽기적인 방법을 사용하다니."

"어차피 그들이 보기엔 몬스터나 인간이나 별반 다를 것이 없어요. 그러니 반인륜적이라는 생각을 할 수가 없는 것이지요."

루키엘드란은 화수에게 이클린트와 그 부하들이 펼치고 있는 기상천외한 일들을 미연에 방지할 수 있기를 간절히 바라고 있었다.

그는 화수에게 몇 가지 당부의 말을 전하였다.

—아마도 그놈들은 차원의 틈을 뚫고 나올 수 있는 방법을 물색하고 있을 걸세. 그중에서 가장 좋은 방법이 바로 인간들과 전쟁을 치르는 일이지. 지금쯤이면 자금을 모으고 군대를 양성할 수 있는 가장 빠른 무언가를 준비하고 있을 것이 분명해.

"그래서 이런 난리가……."

알레이나는 지금까지 자신이 알아낸 모든 것에 대하여 설명하였다.

"제가 조사한 바에 따르면 이들은 지금 미군의 군사력을 동원하여 전쟁을 일으킬 준비를 하고 있으며, 광명그룹과 같은 회사들을 대거 병합하여 자금줄을 틀어쥐고 생산시설마저 확충할 준비에 들어갔습니다. 그런 결과로 광명그룹의 이사진을 납치하고 회장직을 승계하려는 움직임을 보이고 있는 것이지요."

"그렇다면 앞으로 동시다발적으로 사건이 계속해서 벌어진다는 말씀이십니까?"

"맞아요. 만약 이 모든 것 중에 하나만 이뤄진다고 해도 이미 사태는 걷잡을 수 없어질 겁니다."

"큰일이군요."

"실로 엄청나게 큰일이지요."

"이런……."

"그렇지만 너무 걱정은 하지 마세요. 우리가 힘을 합친다면 위기를 잘 극복해 낼 수 있을 겁니다."

루키엘드란은 화수에게 가장 좋은 방법에 대해 설명하였다.

─대마신과 우리 드래곤 일족이 맺은 언약은 심장과 심장이 연결된 맹약일세. 만약 둘 중 하나라도 언약을 어기게 되면 심장이 터져 죽을 수 있는 마법으로 엮이게 된 것이지. 해

서 만약 대마신을 이곳에 강림시킬 수만 있다면 사태는 금방 진정될 걸세.

"하지만 대마신은 차원의 틈 너머에 있다고 하지 않으셨습니까?"

─그게 가장 큰 문제이지만 그것을 해결할 수 있는 방법이 딱 하나 있어.

그는 자신의 비늘 중에서 결이 반대로 된 것을 하나 들어내었다.

그러자 불길에 휩싸인 거대한 심장이 그 모습을 드러냈다.

화르르르륵!

두근두근!

─드래곤 로드의 심장일세. 이것의 절반을 자네가 지니게 된다면 나의 후계자가 되는 것이고, 그들과의 맹약이 자네에게로 이어지는 셈이지.

"그렇다는 것은……."

─자네가 차원의 틈을 넘어서 직접 드래곤들을 규합하고 대마신과의 접선에 성공하게 된다면 충분히 승산이 있어.

"하지만 저는 그저 한낱 인간에 불과합니다."

─자네는 인간이지. 하지만 그와 동시에 이 세상 모든 것을 흡수하여 자신의 것으로 만들 수 있는 능력을 가지고 있지 않은가?

"흡성대법을 말씀하시는 겁니까?"

─그렇다네.

화수는 이 제안을 과연 어떻게 받아들여야 할지 몰라 잠시 주춤하였다.

"제가 감당하기엔 너무 벅찬 일이라……."

─그래, 그렇겠지. 만약 이 일이 잘못되면 자네는 물론이고 인간계와 엘프족, 심지어는 우리 드래곤 일족까지 무사하지 못할 거야. 하지만 누군가는 꼭 해야 할 일일세. 자네도 알다시피 만약 전쟁이 일어나 나나 대현자가 죽어 없어진다면 더 이상의 길은 없어져.

"누군가는 해야 할 일이다……."

알레이나는 화수의 어깨에 손을 척 올렸다.

"제가 함께할 겁니다. 당신이 드래곤 로드의 심장을 이어준다면 사람 몇 명쯤 데리고 가는 것은 큰 문제가 안 되니까요."

─동료가 있다는 것은 큰 힘이 될 걸세. 그리고 만약의 사태에 대비할 수 있는 길이 될 것이기도 하고.

화수는 두 사람의 응원에 힘입어 용기를 내보기로 했다.

"좋습니다. 누군가가 해야 할 일이고 제가 적격이라면 더 이상 피하지 않겠습니다."

─힘든 결정을 내렸군.

"할 수 있다는 믿음, 지금까지 그 하나로 버텨왔습니다. 이

번에도 최선을 다한다면 저 자신이 스스로를 실망시키지 않으리라 확신합니다."

루키엘드란은 화수에게 하루의 말미를 허락하였다.

─기왕지사 일이 이렇게 되었으니 하루라도 빨리 움직이는 것이 유리하네. 내일까지 주변을 정리하고 이곳으로 와주시게.

"잘 알겠습니다."

화수는 니켈렌의 수행을 받아 다시 인간계로 되돌아갔다.

*   *   *

이른 새벽, 자운대 수렵 사령부에서 제2 회합이 열렸다.

오늘의 회합에선 무려 네 가지의 비보가 전해졌다.

첫 번째는 미국 월스트리드 증권거래소의 전산을 마비시킬 수 있는 코드와 그 암호가 탈취되었다는 것이고, 두 번째는 블루레인 시스템이 적의 수중에 떨어졌다는 것이다.

그나마 광명그룹 사태가 어느 정도 잠식된 이후에 벌어진 일이라 그 충격은 이루 말로 표현할 수 없을 정도였다.

화수가 자리를 비운 사이 벌어진 이 사건을 수습하기 위하여 미국의 우방국은 물론이고 주변국 수장들이 전부 모여들었다.

미국, 영국, 한국, 일본, 인도, 프랑스, 독일 등, 작금의 사태와 직접적인 관련이 있는 국가는 전부 자리했다.

그중에서도 가장 심각한 표정을 짓고 있는 사람은 바로 미국의 부통령 제임스 하워드였다.

제임스 하워드는 CIA에서 밝힌 월스트리트 전산 마비의 준비 시간을 각 국가에게 통보하였다.

"앞으로 네 시간, 네 시간 이후면 모든 것이 끝입니다. 월스트리트 증권거래소가 전산 마비를 일으키게 되면 전 세계는 공황에 빠지고 말 겁니다. 더군다나 CIA의 말에 따르자면 해당 코드로 전산을 통째로 날려 버릴 수 있는 충분한 여력이 있다고 합니다."

"그 제한 시간은 어떻게 되지요?"

"삼 일입니다. 네 시간 안에 코드를 되찾지 못하면 삼 일 후엔 미국과 관련된 전 세계의 모든 기업이 산산조각 날지도 모릅니다."

월스트리트의 전산이 통째로 날아간다는 것은 해당 주식들이 마구잡이로 거래되어도 별 이상할 것이 없다는 뜻이다.

한마디로 주식시장 자체가 붕괴되어 국제적인 대혼란이 야기될 수도 있다는 소리였다.

영국의 부총리 마이클 비스피너는 미국이 탈취당한 블루레인 시스템에 대한 안건이 어떻게 되었는지 물었다.

"그렇다면 블루레인 시스템은 어떻게 하실 생각이십니까?

우리가 전력을 다해 경제적인 대공황을 막았다고 칩시다. 그렇지만 블루레인 시스템은 어쩔 도리가 없지 않습니까?"

"그건 그렇지요."

"놈들이 해당 프로그램을 사용하여 타격할 수 있는 제한 시간은요?"

"앞으로 많아봐야 세 시간입니다. 그 안에 블루레인 시스템을 무력화시키지 못하면 전 세계 각지에 파견되어 있는 미군 함대가 폭격을 시작할 겁니다. 거기에 핵잠수함들이 전술핵을 전 세계 각지로 터뜨리게 되면 해당 군사력이 대응하지 않을 수가 없게 되겠지요."

"아무리 우리가 각자 참고 견딘다고 해도……."

"주변 국가들이 가만있지 않을 겁니다. 오늘의 회의에는 참석하지 않았지만 지금 동북아의 정세에 지대한 영향을 미치는 중국과 러시아, 거기에 북한까지 난리를 피운다면 정말 끔찍한 사태가 벌어지고 말 테지요."

"거기에 제3세계까지 끼어들면 아주 난리가 나겠군요."

"이번 사태로 이해관계가 얽혀 있는 나라들이 서로를 물어뜯기 시작하면 3차 세계대전이 일어나는 것은 시간문제입니다."

국가 간의 분쟁이 어제오늘의 일이 아니긴 하지만 그것이 전쟁으로까지 번지는 경우는 그리 많지 않았다.

그러나 중동 지역이나 아프리카 지역의 경우엔 내전이 끊이지 않고 있으며 테러 단체들까지 설치고 있으니 핵폭탄 한 방이면 세계는 전란에 휩싸이게 된다.

"방법은 있으십니까?"

"지금 정보국에서 그들을 추격하는 중입니다. 우리가 할 수 있는 것은 서로 정보를 공유하고 그들을 잡아들일 때까지 최선을 다하는 것밖에는 답이 없을 것 같습니다."

"흠……"

"그렇다면 일단 최선을 다해 놈들을 찾는 데 주력해 봅시다. 일이야 어찌 되었든 간에 3차 세계대전은 막아야 하지 않겠습니까?"

"그래요, 그건 그렇지요."

각 나라의 수장들이 모여 있는 가운데 한 장교가 헐레벌떡 회의장 문을 열고 들어섰다.

콰앙!

"큰일입니다!"

"무슨 일입니까?"

"지금 백악관을 향해 북한이 미사일을 발사했습니다!"

"뭐, 뭐라?!"

"현재 북한 인민군에선 자신들의 소행이 아니라고 발뺌하고 있는 모양입니다만, 아직까진 그 어떤 것도 확신할 수가 없습니다!"

"이런 말도 안 되는 일이……?!"

백악관이 미사일에 맞으면 그때부터는 전면전이 개시될 것이다.

"전면전만은 막아야 합니다!"

"하지만 방법이……."

바로 그때 장교의 이어마이크로 또 한 통의 소식이 날아들었다.

그는 화들짝 놀라 외쳤다.

"미, 미사일이 막혔답니다!"

"막히다니? 그게 무슨 소리입니까?"

"엘프족 몬스터, 아니, 그들의 동료가 미사일을 몸으로 막아 냈답니다!"

"허, 허어!"

"그게 가능한 일입니까?"

"아무튼 간에 한 고비 넘긴 것은 확실하군요."

마이클 비스피너는 지금 당장 엘프족과 접선하여 연합군을 구성할 것을 제안했다.

"사태가 이렇게 되었으니 모든 지구촌 일원이 손을 잡아야 할 것입니다. 지금 당장 엘프족과 연합하시지요."

"그럽시다."

사상 초유로 이종족과 인간의 연합이 성사되려 하고 있다.

　　　　　　＊　　　　　　＊　　　　　　＊

　늦은 밤, 한바탕 난리가 난 야차 여단의 지하 창고로 소주를 한 병씩 든 야차 중대가 모여 있다.

　그들은 아닌 밤중에 출격 대기 중인 자신들을 불러낸 화수를 바라보며 고개를 갸웃거렸다.

　"대장님, 이게 다 뭡니까?"

　"이별 의식이다."

　"이별 의식이요?"

　최지하가 실소를 흘렸다.

　"우리가 언제는 목숨을 안 내놓고 싸운 적이 있던가? 그냥 상대가 사람이라는 것만 바뀐 것뿐이잖아?"

　"최지하 중령, 이제는 상황이 많이 바뀌었어. 자네가 생각하는 그런 상황이 아닐지도 몰라."

　"그게 무슨 소리야?"

　화수는 일단 소주의 뚜껑부터 땄다.

　끼릭!

　"마셔라. 일단 마시면 얘기해 줄게."

　"도대체 무슨 얘기를 하시려고……."

　대원들은 화수의 얼굴을 바라보며 심각한 표정으로 물었

다. 그러나 화수는 아무런 말 없이 소주를 비울 뿐이다.

꿀꺽꿀꺽!

대장이 술잔을 비우니 그 부하들 역시 가만히 있을 수가 없었다.

곧바로 화수를 따라 술병을 모두 비운 부하들은 이제 정말 화수가 왜 이런 행동을 하는 것인지 알아야겠다고 생각했다.

"대장님, 정말 왜 이러시는 겁니까?"

"난 떠난다."

"예? 무슨 말씀이십니까? 떠나다니요?"

"작금의 사태를 해결하기 위한 방책이 생겼다. 그래서 그를 위해 먼 길을 떠나기로 결정했다."

밑도 끝도 없는 그의 설명에 대원들은 어리둥절한 표정을 지을 뿐이다.

그런 그들에게 부연을 해줄 사람이 도착했다.

똑똑.

중대본부의 문을 두드린 후 들어선 사람은 바로 알레이나였다.

그녀는 야차 중대에게 이계로의 여행에 대한 설명을 시작했다.

"지금부터 제가 하는 말을 잘 들으세요. 당신들의 대장님은 이 세상을 구하기 위한 여정을 떠날 겁니다."

"그러니까, 그 여정이 뭐냐니까요?"

"백문이 불여일견, 백 마디 말보다 한번 보는 것이 훨씬 나을 겁니다."

이윽고 불의 정령왕 니켈렌이 그 자리에 모습을 드러냈다.

화르르르륵!

"허, 허억!"

"긴급 출몰?!"

"아닙니다. 이분은 불의 정령왕이신 니켈레 님입니다. 지금은 A—11로 불리는 드래곤 로드님을 보좌하고 계시지요."

"도대체 뭐가 뭔지 당최 알 수가 없군."

니켈렌은 이곳에 모인 야차 중대에게 순간이동에 대한 동의를 구했다.

─인간들, 그분께로 가면 자세한 얘기를 들을 수 있다. 함께 가겠나?

야차 중대는 화수를 바라보았고, 그는 고개를 끄덕였다.

최지하는 그를 따르기로 했다.

"좋아, 함께 가자고."

"우리도 같이 가겠습니다."

─좋아, 놀라지 말도록.

순간, 니켈렌의 불길이 주변을 감싸며 거대한 불길의 소용돌이가 한차례 몰아쳤다.

쿠오오오오오!

불길이 사그라지자 주변의 광경이 새롭게 변해 있다.

야차 중대는 입을 떡 벌릴 수밖에 없었다.

"이, 이게 뭐야?"

─공간이동이다. 짧은 거리를 이동할 수 있지.

잠시 후, 드래곤 로드 루키엘드란은 자신을 찾아온 인간들을 맞이하였다.

후욱, 후욱!

거대한 숨결이 미치는 그곳에 선 야차 중대는 주변의 공기마저 압도하는 그의 위용에 놀랄 수밖에 없었다.

그러나 잠시 후 들려온 그의 부드러운 음색에 잠시 마음을 놓을 수 있었다.

─반갑군. 나는 드래곤 일족의 수장 루키엘드란이라고 하네. 지금까지 인류는 우리 드래곤 일족을 적이라고 생각했겠지. 하지만 사실은 그와 정반대라네.

"…너무 당황스러운데?"

─그럴 것이라고 생각하네. 그러니 내 얘기를 한번 들어보게.

그들은 루키엘드란의 설명을 듣기 시작했다.

제6장

동행

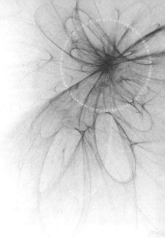

　대략 세 시간쯤 설명을 듣고 용언으로 이뤄진 파노라마까지 구경하고 나니 루키엘드란의 말이 전부 사실이라는 것에 이견이 없었다.

　그렇지만 야차 중대는 화수 혼자 길을 떠나는 것을 결코 인정할 수가 없었다.

　"굳이 가신다면 같이 가죠."

　"맞습니다. 살아도 같이 살고 죽어도 같이 죽는 것이 팀 아닙니까?"

　화수는 고개를 저었다.

"아무리 험한 길이라도 같이 가면 못 갈 리 없겠지. 하지만 그렇게 되면 지구는 누가 지키나?"

"어차피 이 작전이 실패하면 지구도 끝입니다. 그런데 우리가 이곳에 남아봤자 무슨 소용입니까?"

"혹시라도 작전이 실패할 경우를 대비하여……."

"몇 번을 말씀드립니까? 실패하면 다 끝이라고 하지 않습니까?"

"…우겨도 통하지 않는군."

"이제 그럴 시기는 이미 지났습니다. 우리도 대장님과 함께 나이를 먹어가고 있거든요."

"흠."

알레이나는 야차 중대의 동행에 전적으로 동의했다.

"장비를 타고 차원이동을 하는 것은 충분히 가능합니다. 물론 마력의 방어막 등을 치느라 에너지 소모가 다소 있을 테지만 그건 그리 큰 문제가 되지 않습니다."

"그렇다면 더 이상 얘기할 가치도 없겠군요. 같이 가시죠."

화수는 끝까지 자신을 따르겠다는 동료들에게 감동하면서도 한편으론 뒷맛이 씁쓸해졌다.

"내가 자네들에게 괜한 소리를 해서 짐을 짊어지게 하는 것 같군."

"그런 말씀 마십시오. 오히려 혼자 이계로 갔다가 작전에 실패하는 것보다는 같이 가는 것이 훨씬 낫습니다. 그러니 이곳은 당분간 신경 쓰지 말고 그곳으로 함께 가시죠."

"맞습니다. 자칫 잘못하면 지구가 망하는 일을 혼자서 처리한다는 것부터가 말이 안 되는 소리입니다."

"자네들의 말을 들으니 일리가 있는 것 같기도 하고……."

최산용 중령은 설명이 끝나자마자 이미 중형 전술 비행기를 섭외한 상태였다.

이제 그의 전화 한 통이면 비행기에 각종 탑승 장비를 싣고 떠날 준비를 할 수 있었다.

"수송기가 준비되었습니다. 우리가 보유한 탑승 장비를 모두 싣고도 남을 크기입니다. 작전 준비는 완벽합니다. 심지어 탄약과 전투 물자까지 죄다 준비해 두었습니다."

"역시 준비가 빠르군."

"함께한 세월이 얼마인데 그런 말씀을 하십니까?"

상황이 이렇게 되었으니 화수로서도 돌이킬 수가 없었다. 그리고 작전을 혼자서 진행하는 것보다는 함께 이계로 가는 것이 성공 확률이 높을 것이니 여러모로 중대가 움직이는 것이 나을 것으로 보였다.

"좋아, 같이 가자고."

"그럼 지금 이럴 것이 아니라 당장 움직이시지요. 지체해서 좋을 것이 없지 않습니까?"

루키엘드란은 야차 중대에게 다시 한 번 참여 의사를 물었다.

—다시 한 번 생각해 보게. 생명을 잃을 수도 있는 일이야.

"지금까지 우리가 해온 일들이 다 그랬습니다. 언제 목숨을 걸지 않은 적이 있었나요?"

—그곳은 상상조차 할 수 없이 강력한 몬스터들이 우글거려. 그래도 괜찮겠나?

"군인은 언제나 수의를 입고 살아갑니다. 죽는 것이 두렵다면 애초에 야차 중대에 남아 있지도 않았겠지요."

—그렇군. 자네들에게 감사하네.

그는 화수에게 자신의 심장을 지금 떼어주기로 했다.

—화수, 자네에게 심장을 주겠네. 지구와 우리 루야나드를 부탁함세.

"예, 최선을 다하겠습니다."

루키엘드란은 드래곤 로드의 하트를 절반으로 갈라냈다.

치이이이익!

불길에 휩싸여 있던 그의 심장이 공중으로 떠오르면서 사방을 가득 채운 화염도 이내 잠잠해졌다.

이제 그의 신체는 불로장생의 몸에서 그저 자연계의 보통 생명체로 되돌아가게 되었다.

화수는 그것을 흡성대법으로 빨아들였다.

"흡성대법!"

슈가가가가가각!

드래곤 로드의 심장은 화수가 감당하기엔 터무니없이 거대한 힘을 가지고 있었지만 용언의 안배로 인해 아주 자연스럽게 하나가 될 수 있었다.

이윽고 루키엘드란은 자신의 용언으로 이뤄진 아공간을 열어 상자를 하나 꺼냈다.

─이 상자는 어떤 물건이든 담을 수 있다네. 자네들이 필요한 것들을 이곳에 모두 넣고 간다면 이계를 넘어갈 때 유용하게 쓰일 수 있을 것이네.

야차 중대가 상자 안으로 고개를 밀어 넣어보니 그 끝을 알 수 없이 아득한 공간이 보였다.

"허, 허어! 이렇게 넓은 공간에 적재할 수 있다면……?"

─공간은 무한하네. 넣고 싶은 것을 마음껏 넣게.

"하지만 저렇게 넓어서 꺼낼 땐 어떻게 꺼냅니까?"

─아공간에는 특수한 장치가 되어 있어. 자네들이 원하는 것을 떠올리게 되면 곧바로 소환되는 형식이지.

그는 자신의 아공간에서 마법 광물 오리하루콘으로 된 갑옷을 꺼내기로 했다.

스윽!

손톱을 드리우자마자 아공간에서 갑옷이 튀어나와 모습을

드러냈다.

―이렇게 원하는 것만 떠올리면 된다네.

"참으로 신기하군요."

―그리고 이 안에는 자네들에게 도움이 될 만한 마법 장비들이 쌓여 있어. 그래도 위험을 감수하기엔 충분치 않겠지만 성의를 생각해서 사용해 주게.

야차 중대는 그에게 고개를 숙였다.

"감사합니다. 이런 배려를 해주시다니요."

―배려라니, 그냥 있는 것을 준 것뿐인데. 아무쪼록 작전을 잘 끝내고 무사히 귀환 할 수 있기를 빌겠네.

"예, 알겠습니다."

이제 야자중대는 여정에 필요한 장비를 구비하기 위해 자운대로 향했다.

*　　　　*　　　　*

자운대엔 기존에 사용되던 전술 비행기와 전술 궤도 차량, 전술 헬기, 장갑차 등, 총 12가지의 탑승 장비가 준비되어 있었다.

하지만 이 모든 장비를 실을 비행기는 야차 중대가 자주 애용하던 소형 전술 비행기였다.

언뜻 보면 장비를 싣기엔 터무니없이 작은 규모였지만 루키 엘드란의 아공간에서 구한 소형화 아티팩트를 사용하면 간단했다.

대략 500분의 1로 축소시킬 수 있는 아티팩트를 이용하여 각종 장비를 가득 실을 수 있었다.

여기에 자주박격포와 각종 야포, 탄약, 폭약, 미사일과 발사대까지 전부 때려 실었다.

야차 여단에서 구할 수 있는 장비를 거의 다 실은 화수는 마지막으로 탄약과 폭약을 제조할 수 있는 시설까지 축소시켜 적재하였다.

그 밖에 각종 물자를 완비한 화수는 차원의 틈으로 출발할 준비를 마쳤다.

늦은 밤, 작전 시작 한 시간을 남겨둔 상태에서 가족들과의 시간이 주어졌다.

화수는 누나와 여동생, 그리고 자신의 약혼녀인 성희와 함께 늦은 저녁을 먹고 간단히 술을 마셨다.

차원의 틈을 넘어가는 시간은 지구에서의 시간으로 따지면 찰나이지만 그곳에서의 시간은 대략 한 달에 달한다.

그 때문에 피로가 누적되어도 큰 문제는 없을 것이다.

화수는 이번 작전에 대하여 충분히 설명하였다.

그렇지만 가족들은 좀처럼 이해를 하지 못하고 그저 특수

한 작전으로만 생각했다.

30분 넘게 설명을 했지만 가족들은 자꾸 같은 소리만 반복했다.

"그래서… 돌아올 수는 있는 거지?"

"작전이 성공한다면."

"그럼 됐어. 지금까지 네가 작전을 수행하면서 한 번도 위험하지 않은 적은 없었어. 우리는 돌아올 수 있는 길이 있다면 그것으로 만족이야."

"고마워, 이해해 줘서."

"이해랄 것이 있나? 세상을 구하는 일이라는데."

화수는 자신의 군번줄을 빼어 하나는 형제들에게 주고 하나는 약혼녀 성희에게 주었다.

인식표는 전사 시에 신원을 확인하기 위해 착용하는 것이지만 차원의 틈을 넘어서 사망한다면 어차피 그것을 가지고 있는 의미가 없다.

그 때문에 두 개 모두 주어도 큰 상관이 없었다.

"누나, 희수를 잘 부탁해."

"걱정하지 마. 알아서 잘할 테니까."

"성희 씨는 내가 없어도 자신이 할 일을 착실히 잘 하면서 지낼 것이라고 믿어요."

"물론이죠."

지수와 희수는 이제 화수와 성희에게 시간을 할애하기로
했다.

"우리는 잠깐 나가 있을 테니까 두 사람 얘기 나눠. 그리고
출격 시간이 되면 다시 만나서 마지막으로 인사를 하자고."

"고마워."

두 자매가 방을 나서자 성희가 화수의 손을 꼭 잡았다.

그녀는 눈물을 보이지 않고 굳건하게 화수를 지지하였다.

"나는 당신이 자랑스러워요. 이 세상 누구보다 존경스럽고
사랑스러워요. 내 반려자가 될 사람이 당신이라는 것이 얼마
나 명예롭다고 생각하는지 당신은 모를 거예요."

"고맙습니다. 나도 당신과 같은 여자를 아내로 맞이할 생각
을 하니 가슴이 두근거리는군요."

두 사람은 서로의 손에 끼워진 반지를 매만졌다.

그들에게 반지는 미래를 약속한 의미이니 더 이상의 징표
는 필요 없었다.

성희는 아주 덤덤하게 화수를 꼭 안았다.

"잘 다녀와요. 난 당신이 돌아올 것이라고 믿어요. 그러니
슬퍼하지도 않을 것이고 두려워하지도 않을 거예요. 당신도
앞으로 어떤 일이 펼쳐지든 잘될 것이라고 믿고 그 신념만 따
라가세요."

"알겠습니다. 명심할게요."

잠시 후, 야차 여단에서 출격 준비를 모두 마쳤다는 방송을 보냈다.

―여단 내의 출격 인원은 격납고로 모여주시기 바랍니다. 다시 한 번 말씀드립니다.

이제 밖으로 나가 있던 화수의 형제들이 방 안으로 들어왔다.

화수는 누나와 여동생을 차례대로 안았다.

두 사람은 언제나 그랬듯이 작전을 떠나는 화수에게 농담을 건네며 여유를 주었다.

"올 때 기념품 사와."

"저번처럼 기념품이라면서 몬스터 발톱을 가지고 오면 발톱으로 똥침을 해버릴 테야."

"큭큭, 그래, 알았어."

성희는 화수의 품에 안기지 않고 오히려 그의 군장과 짐을 다시 한 번 점검하였다.

빠진 것이 없다고 판단한 그녀는 화수의 등에 군장을 매달아주었다.

철컥!

개인 장구류와 군장까지 점검한 그녀는 화수의 어깨에 묻은 먼지를 털어냈다.

"잘 다녀와요."

"그래요."

이제 화수는 더 이상 뒤를 돌아보지 않고 격납고로 향했다.

*   *   *

야차 여단의 격납고 안에 극강의 마나가 진동을 일으켰다.

지이이이잉!

붉은색 불길이 일렁이는 차원의 틈을 바라보는 야차 중대의 표정에 결연함이 가득하다.

"이것이 바로……!"

지금까지 수많은 몬스터를 수렵하고 아공간을 처리해 온 그들이지만 스스로 차원의 틈을 넘어가는 것은 처음이다.

알레이나는 이 안에 있는 몬스터들의 레벨이 지구와는 비교도 할 수 없을 정도로 높다는 것을 시사하였다.

"다시 한 번 말씀드리지만 가자마자 엄청난 규모의 전투가 벌어질 것입니다. 미리 준비하지 않으면 죽을지도 몰라요."

"잘 알고 있습니다."

지금 야차 중대는 드래곤 로드의 용언으로 만들어진 아티팩트를 온몸에 두르고 있었다.

이미 인간의 경지를 몇 단계 더 뛰어넘기는 했지만 여전히 몬스터 군단의 위협은 감당하기 힘들 것이라는 것이 알레이나의 생각이었다.

야차 중대는 전술 비행기에 몸을 싣고 서서히 붉은색 포털 안으로 기체를 밀어 넣었다.

꿀렁!

최산용 중령은 부조종석에 앉은 화수에게 긴장된 표정으로 말했다.

"대장님, 우리가 처음 작전을 펼칠 때와는 비교도 할 수 없을 정도로 떨립니다."

"원래 모든 작전이 그래. 처음이 힘든 법이지."

화수는 마이크를 통하여 대원들에게 포탈을 넘어간다고 알렸다.

"야차 중대, 차원의 틈으로 돌입한다. 모두 긴장할 수 있도록."

순간, 거대한 붉은 기류가 야차 중대를 삼켰다.

고오오오오오!

화수는 자신도 모르게 부조종석의 안전벨트를 꽉 잡았다.

이 세상을 구성하고 있는 플러스에너지와 정반대의 기운이 비행기를 삼키면서 해일과도 같은 마이너스에너지가 화수의 앞으로 밀려들어 왔다.

블랙홀, 혹은 아공간이라 부르는 이곳을 빠져나가는 것은 지구의 인류로선 최초라고 할 수 있었다.

그런 만큼 미지의 세계에 대한 두려움이 화수를 잠식해 오고 있었다.

하지만 그는 이내 평정심을 되찾았다.

"차원의 틈을 넘었다. 지금부터는 전부 사주경계를 멈추고 자신의 안위만 살필 수 있도록 하자."

—예, 알겠습니다.

검은색 입자가 불에 휩싸여 알알이 떨어져 내리고, 검은색 아지랑이가 아공간의 벽을 가득 채우고 있다.

지금으로선 한 치 앞도 볼 수 없는 안개만이 가득할 뿐 그 어떤 물체도 관측할 수 없었다.

치지지지지직!

검붉은 뇌전이 천장에서부터 비행기로 내려와 약간의 암전이 시작되었다.

"전원이 서서히 약해집니다!"

"이제 정말 시작인 모양이군!"

비행기의 전원이 삽시간에 꺼져 버렸고, 그나마 남은 보조 동력조차 제 역할을 하지 못했다.

이제 야차 중대는 전원이 없는 상태에서 한 달을 버텨야 하는 운명에 놓이게 된 것이다.

알레이나가 조종석 틈으로 고개를 밀어 넣었다.

"지금부터는 조종을 할 필요가 없어요. 앞으로 한 달간 암전이 계속되고 약 이틀간의 백야가 계속된 이후에 비로소 루야나드에 도착하게 될 테니까요."

"그렇군요."

"이제부터는 조종석에 사람이 앉을 필요도 없을 겁니다. 일단은 마음 편하게 먹는 것에 주력하시죠."

"잘 알겠습니다."

화수와 최산용은 그녀의 말처럼 조종간에서 손을 놓고 잠시 심호흡을 한 후 비행기의 수송 칸으로 들어갔다.

*   *   *

아공간에서의 생활은 단조롭기 그지없었다.

끝도 없이 펼쳐진 어둠만이 계속되고 간헐적으로 떨어져 내리는 낙뢰만이 이곳이 어떤 곳인지 알려줄 뿐이었다.

알레이나는 한 달 동안의 시간을 알차게 보낼 수 있는 방법을 고안해 냈다.

지금까지 그 어떤 인류도 도달하지 못한 루야나드에 대한 정보를 모두에게 전해주고 미리 대비할 수 있도록 교육하기로 한 것이다.

그녀는 엘프족 학교에서 사용하던 지리 교구와 문화 서적을 가져다 놓고 강의를 시작했다.

"루야나드는 총 네 개의 대륙으로 이뤄져 있으며 인구는 대략 100억 정도 됩니다. 그리고 우리가 향할 지하 세계에는 200억도 넘는 인구가 상주하고 있으며, 몬스터의 숫자는 파악이 불가능합니다. 왜냐하면 지금도 몬스터는 계속해서 개체의 폭발을 일으키고 있으니까요."

"100억이라……."

"100억의 인구 중에서 인간은 20억, 엘프가 10억, 드워프가 5억, 루타나스가 20억, 수인족이 40억, 하이베리언이 5억입니다. 아시다시피 엘프는 숲의 종족이고 인간은 당신들과 같은 모습을 하고 있지요. 인간은 원래 고도의 마도문명을 이루었지만 수인족과의 전쟁으로 지금은 그 세력을 많이 잃은 상태입니다. 루타나스는 반용, 반마족으로 이뤄진 종족으로서 가공할 만한 용언과 마기문명을 형성하였지요. 하지만 그들 역시 하이베리언과의 전쟁으로 인해 세력이 꽤 많이 기운 상태입니다. 그렇지만 그들의 세력 역시 무시할 정도는 아닙니다."

그녀는 교재에 나와 있는 각 종족의 모습을 가리키며 말했다.

"하이베리언은 한 쌍의 순백색 날개를 가지고 있습니다. 이른바 신력이라는 고귀한 능력을 사용하는데, 이들의 전투력은 거의 상상을 초월할 정도이지요. 하이베리언 전사는 보통 엘프족 전사의 20배에 달하는 전투력을 가졌다는 것이 정설입니다. 루타나스 일족은 그들의 절반, 엘프는 거기에서 다시 절반, 드워프는 엘프와 비슷하지만 인간과 수인족은 엘프의 1/3에 해당하지요."

"그렇다는 것은 마족들의 전투력이 상상 그 이상이라는 소리군요?"

"일반적으로 본다면 노예 계급의 마족들이 루타나스의 전사들과 비슷한 정도입니다. 그러니 평마족만 되어도 엘프와 맞먹는 전투력을 가지며 중마족의 경우엔 하이베리언 전사와 비슷한 힘을 갖고 있지요."

"그럼 상마족은 도대체 얼마나 대단한 능력을 가진 겁니까?"

"상마족은 엘프족 고위급 전사와 엇비슷하거나 조금 강하고 귀마족은 젊은 드래곤과 비슷한 전투력을 갖습니다. 마왕은 중년의 드래곤보다 조금 약하고 대마신들은 드래곤 로드와 비슷하지만 조금 약한 능력을 가졌다고 알려져 있지요."

"흠."

"아무튼 간에 우리가 가는 대륙에선 비행 물체를 타고 다니는 우리를 당연히 경계할 것입니다. 그나마 엘프족은 동족이기 때문에 큰 상관이 없지만 문제는 타 종족들이지요. 아마 같은 인간들 역시 경계를 늦추지는 않을 겁니다. 그러니 되도록 고고도 비행을 유지하면서 마계의 입구까지 가는 것이 옳습니다."

최산용 중령은 현재 전술 비행기의 비행 능력에 대해 설명하였다.

"우리는 대류권 계면을 스치듯 날아갑니다. 하지만 그보다 더 높은 고지도를 유지하는 것도 가능하지요. 최대 고도는 성층권입니다."

"그렇다면 계면과 성층권의 중간을 비행하면 되겠군요."

"예, 그렇습니다."

"좋아요. 그런 방식으로 비행하면서 마계까지 가야 합니다. 참고로 루야나드의 모든 종족에겐 스텔스가 통하지 않습니다. 그러니 최대한 높게 날아야 한다는 것만 기억하세요."

"잘 알겠습니다."

그녀는 일행에게 흰색 알약을 하나씩 나누어 주었다.

"그리고 이것을 드세요. 대류의 모든 언어를 알아서 깨우치게 될 것입니다."

"언어를 통달시켜 주는 약인가요?"

"비슷합니다. 언어를 알아서 번역시키는 마법을 부여하여 의사소통을 도와주는 것이지요."

"그렇군요."

"아무튼 간에 우리는 한 달 동안 마계의 지형을 익히고 계속해서 전략 전술을 짜내야 합니다. 대마신들은 우리의 정체를 눈앞에서 실물로 보기 전까지는 아마 만날 생각조차 하지 않을 겁니다. 그러니 몬스터들을 효과적으로 사살하고 길을 뚫을 수 있는 수단에 대해서 생각해야 하지요."

"전문 분야이긴 해도 조금은 부담이 되는군요."

"부담이 되어도 어쩔 수 없어요. 일단은 부딪쳐 보는 수밖에요."

그녀는 모래시계를 꺼내어 시간을 가늠하였다.

한 달짜리 모래시계가 모두 다 흘러가게 되면 슬슬 모험이 시작될 것이다.

그동안 화수는 계속해서 전략을 구사하기 위해 머리를 짜내야 한다.

"쉽지 않은 길이 되겠군."

"그래요. 쉽지 않겠죠. 하지만 누군가는 가야 할 길입니다."

야차 중대는 한 달간의 기나긴 여정을 작전 회의로 보낼 예정이다.

*   *   *

보름 후, 드디어 암흑뿐이던 주변에 약간의 변화가 일어났다.

새까만 벽면에는 보랏빛 안개와 푸른 마력의 결정들이 눈꽃처럼 흩날려 기묘한 아름다움을 자아내고 있다.

야차 중대는 그 광경에 넋을 잃고 말았다.

"이곳에서 사진을 찍을 수 없다는 것이 너무나 아쉽습니다. 이 아름다운 순간을 기억의 파편에만 남겨야 하다니 이 또한 고문이 아닐 수 없습니다."

"그러게 말이야."

지금껏 화수는 전 세계 방방곡곡을 돌아다니면서 수많은 광경을 보아왔지만 이와 같은 광경은 처음이다.

만약 사람의 사후에 이러한 광경을 볼 수 있다면 죽음이 꼭 나쁜 것만은 아니라는 생각이 들 정도였다.

하지만 애석하게도 사람이 죽으면 어떻게 되는지 아는 이는 존재할 수 없었다.

최지하가 화수에게 술잔을 건넸다.

"이런 광경을 앞둔 마당이라면 한잔해야지?"

"으음, 역시 뭘 좀 안다니까."

그런 두 사람의 곁으로 제이나가 다가왔다.

"뭐야? 둘만 좋은 구경 하는 거야? 나도 한잔 줘봐."

"마귀할멈도 끼게?"

"당연하지. 우리 꼬맹이와 대장만 좋은 구경 하게 내버려 둘 수 없잖아?"

"하여간 그렇게 안 생겨서 낄 데 안 낄 데 다 낀다니까."

"그게 바로 내 매력이지."

화수는 두 사람에게 건배를 제의했다.

"상황은 좋지 않지만 건배하자고."

"무엇을 위해서?"

"우리의 생환과 지구의 존립을 위해서."

"건배!"

팅!

주둥이가 넓고 깊이가 낮은 잔에 따른 코냑의 향이 빠르게 퍼져 화수의 코를 간질였다.

그는 살며시 눈을 감았다.

"으음, 좋군."

"괜찮지? 얼마 전 와인 경매에 나온 브랜디야. 이 정도 물건은 어디 가서 구할 수도 없다고."

"오호라, 이런 술을 막 개봉해도 괜찮은 거야? 통도 크지."

"어차피 죽으면 못 마실 술이야. 그럴 바엔 내가 좋아하는 사람들과 마시는 편이 좋지 않겠어?"

"뭐, 그건 그렇군."

제이나는 그녀에게 앞으로의 일에 대해 물었다.

"그나저나 이번 일이 끝나면 어떻게 할 거야?"

"뭐가?"

"계속해서 군에 남을 거야?"

"으음, 글쎄. 한 번도 생각해 본 적이 없는 일이라서 말이지."

그녀는 화수에게로 고개를 돌렸다.

"대장은 어때?"

"뭐가?"

"대장은 이번 일이 끝나면 어떻게 하고 싶은데?"

화수는 아주 소박한 꿈에 대해 설명하였다.

"레이시스처럼 초야에 묻혀 조용히 살고 싶어. 지금까지 너무나도 숨 가쁘게 달려왔잖아."

"그럼 야차 중대는 어쩌고?"

그는 작전이 성공할 경우의수에 대해 시사하였다.

"생각해 보면 몬스터가 없는 상황에서 우리 야차 중대의 역할이 뭐 그리 중요하겠냐는 생각이 들어."

"하지만 몬스터는 계속 창궐할 것 아니야? 이미 한 번 자리를 잡았고 번식도 하고 있는데 말이야."

"그 정도 개체는 굳이 우리가 아니라도 충분히 커버할 수 있어. 정 안 된다고 가정한다면 용병도 있고."

그녀는 실소를 흘렸다.

"상상이 안 가는군. 초야에 묻혀 있는 듯 없는 듯 살아가는 대장이라……."

"초야에 묻혀 살면서 공부도 좀 하고 만학도로 살면서 학문에 정진하고 싶어. 난 중졸이잖아."

"그래, 대장은 학교를 다닌 기간이 그리 길지가 않았지."

"워낙 어려서부터 사냥만 하고 다녀서 공부라는 것에 취미가 없어. 그렇기 때문에 지금이라도 배움에 뜻을 두고 살고 싶은 것이지."

"그런 이후엔?"

"뭐, 장학재단이라도 운영하면 적당하지 않을까 싶기도 하고."

제이나는 아련한 눈빛으로 화수를 바라보았다.

"그녀와 함께?"

"그래, 그녀와 함께."

그녀는 쓸쓸한 미소를 지었다.

"이제 우리와의 인연은 끝인 것인가?"

"그럴 리가 있나? 너희들은 내 동료야. 전우라고. 어떻게 생사고락을 함께한 동료들을 잊겠어?"

제이나는 고개를 끄덕였다.

"그래, 그것만으로도 고마워."

"별말씀을."

"하지만 네가 이 바닥을 떠나도 언젠가 인류가 필요로 한다면 얼마든지 부름에 응할 수 있는 거지?"

"당연하지."

최지하는 조금은 무거운 이 분위기를 날려 버렸다.

"자자, 한잔해! 언제까지 무거운 얘기만 할 거야?"

"맞아. 너무 우울해할 필요는 없겠지."

"끝이 있으면 시작도 있는 법이니까."

세 사람은 잔을 부딪쳤다.

제7장

새로운
차원으로

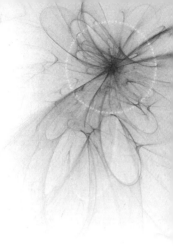

　드높은 창공과 청량한 산들바람이 불어오는 루야나드의 한적한 수풀에 순식간에 새빨간 아공간의 입구가 나타났다.

　슈가가가가각!

　이 세상의 모든 것을 빨아들일 기세로 아가리를 벌린 새빨간 아공간의 주변에 있던 동물들이 위험을 감지하고 도망치기에 바쁘다.

　푸다다다다닥!

　먼저 새들이 하늘 높이 날아 위험을 알리고 산짐승들은 그것을 보고 황급히 자리를 피했다.

잠시 후, 그 아공간이 토해내듯 비행 물체 하나를 뱉어냈다.

지이이이잉!

비행 물체는 새빨갛게 달아올라 금방이라도 불이 붙을 것만 같았다.

잠시 후, 비행 물체 안에서 사람 열댓 명이 경계 어린 눈빛을 하고 걸어 나왔다.

"이곳이 바로……."

"네, 그렇습니다. 루야나드입니다."

화수의 눈에 비친 루야나드의 모습은 가히 충격적이라고 할 만큼 아름다웠다.

형형색색의 나무들과 온통 순백색 땅바닥, 그리고 네 개의 해와 달이 공존하는 이곳은 마치 동화 속에서나 볼 수 있을 것 같은 풍경이었다.

휘이이잉!

바람이 흩날리면서 싱그러운 소리를 냈다.

그러곤 그 바람이 곧 인간의 형상으로 바뀌었다.

꺄르르르르!

바람은 화수에게 손을 흔들며 인사를 전하였다.

"바, 바람이……."

"인사를 건네는 겁니다. 바람은 사람을 알아보거든요. 당신이 선한 사람이라는 것을 알기에 경계심 없이 인사하는 겁니다."

"그렇군요."

잠시 후, 바람이 다가와 화수에게 손을 건넸다.

스르르르릉!

알알이 부서져 내리는 바람의 손가락은 이내 화수의 몸을 감싸더니 말로는 형언할 수 없는 청량감을 안겨주었다.

그 느낌이 얼마나 좋았으면 머리끝부터 발끝까지 온통 전기가 찌릿찌릿 통할 정도였다.

지구 역시 지킬 가치가 충분하지만 루야나드 역시 목숨을 바쳐 지킬 가치가 있다고 생각했다.

"소중한 땅이군요."

"우리의 터전입니다. 아공간이 사라지고 나면 영원토록 지속될 우리의 평화의 보고입니다."

지금까지 루야나드가 평온한 모습만 간직하고 있던 것은 아니지만 이제는 서서히 분란이 종식되어 길고 안정적인 태평성대에 접어들었다.

전쟁에서 가족을 잃는 슬픔을 더 이상 경험할 필요가 없어졌다는 뜻이다.

"그러나 이곳의 평화는 우리에겐 독입니다. 다시는 전란을 일으키고 싶은 마음이 없기 때문에 아주 작은 위험이라도 상당히 크게 반응합니다. 어쩔 수 없는 수순이라고 할 수 있지요."

"이해합니다."

화수는 이곳에서 기체를 잠시 식힌 후에 기기들을 점검하고 다시 고고도 비행을 준비하기로 했다.

갈 길이 머니 경치 구경은 잠시 접어두기로 한 것이다.

"자, 그럼 정신 바짝 차리고 목적지를 향해 가보자."

"알겠습니다."

최산용 중령을 필두로 야차 중대는 일사불란하게 움직여 비행기를 정비하기 시작했다.

*   *   *

전술 비행기는 중앙 대륙으로 예상되는 루야나드의 창공을 날아 서쪽으로 향하는 중이다.

쏴아아아아!

바람을 가르며 날아가는 전술 비행기에는 각종 첨단 장비가 자리 잡고 있어 언뜻 보기엔 지구와 별반 다를 것이 없는 광경이 펼쳐져 있었다.

최산용 중령과 최지하 중령이 각각 레이더와 음파탐지기를 이용하여 위험 요소를 걸러냈다.

삐빅, 삐빅.

"전방에 위험 요소가 감지되지 않습니다. 당분간 교전은 없을 것으로 예상됩니다."

"다행이군."

"다만 전방에 거대한 구름의 소용돌이가 관측되기 때문에 난기류를 만나 고생을 할 수도 있겠습니다."

"구름의 소용돌이?"

화수는 최산용이 전송한 레이더의 화면을 바라보았다.

레이더의 화면에는 구름이 마치 용오름처럼 하늘로 솟아오르는 광경이 표현되어 있었다.

알레이나는 이것을 승천운이라고 설명했다.

"승천운은 난기류나 초자연적인 현상이 아닙니다. 지상의 정령들이 하늘로 올라가 자신들의 몸과 영혼을 깨끗이 하는 일종의 의식이지요. 지금까지 인간이 저곳을 지나간 적은 없습니다만, 드래곤들의 말에 의하면 아무런 위해를 가하지 않는 아주 평화로운 구름의 향연이라고 하더군요."

"구름의 향연이라……."

"정령들과 충분히 소통만 한다면 저곳을 그대로 가로질러 갈 수도 있을 겁니다."

"하지만 정령들과 소통할 수 있는 방법이 있겠습니까?"

"잠시만 기다려 주세요."

그녀는 살며시 눈을 감고 주문을 외우기 시작했다.

잠시 후, 그녀의 몸에서부터 은은한 순백색 빛 무리가 뿜어져 나와 온 사방으로 퍼져 나갔다.

화아아악!

그 빛의 무리는 이제 사방을 가득 채우고 있던 정령력을 비행기 안으로 이끌어오는 역할을 했다.

이윽고 그 빛 무리가 이끌고 온 정령들이 화수에게 말을 걸었다.

—이방인이여, 이곳엔 어쩐 일이신가요?

아름다운 은색 머리카락과 바람으로 이뤄진 몸, 아마도 설화에 나오는 선녀가 바로 이 모습이 아닐까 하는 생각이 들었다.

화수는 그녀에게 아주 정중히 답했다.

"저희들은 지구라는 차원을 지키기 위해 이곳에 왔습니다."

—지구, 드래곤 로드가 있는 그곳 말입니까?

"예, 그렇습니다."

—그곳이 지킬 만한 가치가 있는 곳인가요?

"지구가 지킬 가치가 있는지는 알 수 없습니다. 그건 어디까지나 주관적인 견해이니까요. 하지만 그 안에 사는 생명들은 지킬 가치가 충분하다고 생각합니다."

정령들은 화수의 발언을 곧바로 수긍하였다.

—그래요, 이 세상의 모든 생명은 살아갈 가치가 있습니다. 그건 변치 않는 사실이지요.

"그렇다면 그 생명들을 위해 저희들이 이곳을 관통해 지나가도 되겠습니까?"

그녀는 아주 흔쾌히 화수를 보내주기로 했다.

—우리 정령들은 신성한 의식을 관통해 가는 당신들을 저지하지 않기로 했습니다.

"고맙습니다. 만약 기회가 된다면 당신들과 친구가 되고 싶습니다."

—언제든지요.

화수는 친절한 정령들로 인해 당분간 아주 편안한 비행을 거듭할 수 있을 듯했다.

*   *   *

중앙 대륙을 떠나 동부 대륙으로 온 화수는 앞으로 일주일간의 여정을 더 거쳐야 마계의 입구에 도달할 수 있을 것으로 보았다.

그는 지도를 펼쳐 이 근방의 지형을 살폈다.

"으음, 동부는 온통 수풀뿐이군요. 심지어 땅도 수풀로만 이뤄져 있습니까?"

"맞아요. 땅속 깊은 곳에 뿌리를 박은 세계수 덕분에 동부 대륙은 모든 바닥이 나무로 이뤄져 있습니다. 그렇기 때문에 그 어떤 세력도 이곳을 넘볼 수가 없는 것이죠."

동부 대륙은 숲의 종족인 엘프가 사는 곳이기도 하지만 세 그루의 세계수의 영역이도 했다. 원래는 네 그루의 영토였지만 사방위 중에서 남부를 관장하던 니헤르가 차원이동을 하면서 동부에는 세 그루의 세계수만 남게 된 것이다.

"우리가 갈 곳은 서부의 레텔란 영토입니다. 레텔란 님은 수많은 정령을 잉태하고 그들에게 생명을 준 고귀한 세계수입니다. 그분께선 이미 드래곤 로드와의 교감을 통하여 우리가 올 것을 미리 예견하고 계시지요."

"그렇군요."

"아마 모든 엘프가 그렇겠지만 레텔란 영토의 엘프들은 상당히 친절합니다. 당신들의 방문을 기꺼이 환영하고 먹을 것을 나누어 줄 겁니다. 이곳에서 하루 정도 쉬었다가 출발하도록 해요."

"그럽시다."

레텔란 영토의 초입에는 하늘을 나는 물보라와 거대한 순백색 나비들이 즐비해 있었다.

스르르르릉!

그들은 은색 가루를 뿌리고 다녔는데 그 가루가 앉은 자리에는 어김없이 생명이 싹텄다.

한마디로 그들이 이곳을 지나다닐 때마다 또 다른 숲의 일원이 자라난다는 소리였다.

화수는 그 신기한 광경을 그저 넋 놓고 지켜보았다.

"생명이 생명을 낳는 광경이라……."

"이 세상은 순환의 연속입니다. 저들도 그러한 자연의 순리에 순응하면서 살아가는 것이지요."

"아주 바람직한 삶이 아닙니까?"

"그래요. 욕심도 없고 미워하는 마음도 없습니다. 오로지 사랑과 자비로 모든 것을 포용하는 삶이지요."

그는 이러한 레텔란 영토의 삶이 너무나도 부러웠다.

"이 세상에서 욕심을 버릴 수 있는 존재가 과연 얼마나 될까요? 그를 위해서 평생을 바쳐도 깨닫지 못하는 경우가 허다한데, 그것이 세상을 지탱하는 이념이라면 얼마나 좋겠습니까?"

"진정한 행복이란 내려놓는 것이라는 것을 이들은 알고 있는 겁니다."

잠시 후, 저 멀리서 세 마리의 나비가 날아와 저소음 비행을 하고 있는 야차 중대의 전술 비행기 날개에 살며시 내려앉았다.

나비들이 화수에게 말을 걸어왔다.

—당신이 바로 지구에서 온 이방인이시군요?

"예, 그렇습니다."

―우리의 어머니이신 세계수께서 당신을 기다리고 있습니다. 함께 가시지요.

"감사합니다."

세 명의 대정령을 따라서 숲의 영토를 지나다 보니 인간은 감히 가늠조차 못할 정도로 거대한 나무 한 그루가 보였다.

그는 레텔란 영토 한가운데 뿌리를 박고 이 세상 모든 곳에 생명을 뿌리고 있었다.

이윽고 세계수의 줄기가 화수 일행을 향해 뻗어 나왔다.

스스스스스!

최산용 중령은 알레이나가 미리 말한 대로 비행기를 줄기 위에 아주 살며시 올려놓았다.

그러자 줄기가 비행기를 단단하게 고정시켜 알아서 주차를 해주었다.

줄기는 스스로 움직여 비행기를 세계수의 머리가 있는 곳까지 데려다주었다.

세계수의 머리가 있는 곳은 나무의 중앙에 위치한 골짜기로 그곳에선 사시사철 은은한 꽃향기가 뿜어져 나왔다.

화수가 그를 향해 나아가는 동안에도 향긋한 꽃 냄새가 진동하여 기분 좋은 어지러움을 자아냈다.

만약 평생을 이곳을 요람 삼아 살 수 있다면 영혼이라도 팔 수 있을 것 같은 생각마저 들었다.

잠시 후, 레텔란의 거대한 얼굴이 보이는 동굴의 중엽에 줄기가 멈추어 섰다.

레텔란은 흐릿한 얼굴의 형상만 간직하고 있을 뿐이지만 그 눈빛에선 이 세상 그 어떤 존재도 범접할 수 없는 자애로움이 느껴졌다.

―그대가 지구에서 온 이방인이로군요. 반가워요.

"위대한 존재를 뵙게 되어 영광입니다."

―이 세상에 위대한 존재란 있을 수 없습니다. 이 땅 위의 모든 것은 평등하니까요. 다만 그들이 살면서 생명들을 위해 얼마나 고귀한 일을 했는지에 따라 그 영혼의 고결함이 결정되는 것이지요.

레텔란은 먼 길을 오느라 고생한 야차 중대에게 세계수의 열매를 선물로 주었다.

꽈드드드드득!

그의 줄기에선 새빨갛고 탐스러운 과일이 돋아나 먹기 좋은 크기로 맺혔다.

―드세요. 여독을 풀어주고 기운을 북돋아줄 겁니다.

"감사합니다."

화수는 그가 준 열매를 한입 베어 물었다.

우드드드득!

순간, 그는 눈이 번쩍 뜨이는 것을 느꼈다.

"이, 이건……?!"

─해독에도 좋은 효과가 있습니다. 맛이 괜찮은지 모르겠네요.

"과일에서 꽃의 향기가 이렇게 진하게 나다니, 도저히 믿을 수가 없습니다!"

─마음에 든다니 다행이군요.

이 세상에 그 어떤 과일이 이와 같은 맛을 낼 수 있을까?

화수는 아무리 머리를 쥐어짜도 이와 같은 맛의 근처라도 갈 수 있는 과일을 찾을 수 없었다.

이 맛은 사랑하는 사람들과 함께하고 싶은 그런 절대적인 욕구를 자아내기에 충분했다.

씨앗이 없는 과일을 통째로 먹어치운 야차 중대는 한결 생기가 넘치는 얼굴이 되었다.

레텔란이 미소를 지었다.

─이제야 좀 기운이 나시나요?

"덕분에 기운이 넘칩니다. 감사합니다."

─별말씀을요.

그는 화수에게 이곳에서 하루를 쉬어 마계까지 갈 수 있도록 배려를 아끼지 않기로 했다.

─레텔란 영토의 모든 생명체가 당신들을 아끼고 보살필 것입니다. 그러니 당분간 편안하게 쉬세요.

"감사합니다."

또한 레텔란은 화수에게 드래곤 로드의 안부에 대해 물었다.

―그는 괜찮은 것입니까?

"자세한 상태까지는 저도 잘 모르겠습니다. 다만 아직까지 건재하다는 것은 확실합니다."

―그래요, 그 정도면 됐습니다.

원래 드래곤과 세계수는 같은 공간 안에 있던 생명이기 때문에 둘 사이엔 인간이 이해랄 수 없는 끈끈한 유대감이 존재하고 있었다.

그렇기 때문에 레텔란은 한시라도 드래곤을 걱정하지 않을 수 없었다.

그는 답을 준 화수에게 세계수의 축복을 내려주었다.

스르르르르릉!

―당신들에게 축복이 있기를 바랍니다.

몸이 공중으로 붕 뜨는 느낌과 함께 신형이 가벼워짐을 느낀 화수는 꾸벅 고개를 숙였다.

"정말 감사합니다. 이 은혜는 정말 어떻게든 갚겠습니다."

―이 세계를 살려주는 것이 진정 빚을 갚는 것입니다. 그러니 반드시 마계까지 가서 결판을 내주세요.

"잘 알겠습니다."

화수와 야차 중대는 이제 대정령들을 따라서 마을의 민가로 향했다.

*　　　*　　　*

엘프들이 사는 민가는 생명수가 흐르는 계곡 근처에 자리 잡고 있어 사람이 쉬기 좋은 온도와 습도가 알아서 유지되었다.

화수는 이곳에 있는 것만으로도 몸이 마구 건강해지는 것을 느꼈다.

"무공으로도 이런 효과를 본 적이 없습니다. 도대체 어떻게 말로 표현하면 좋을지……."

"생명의 원천이 있는 곳입니다. 죽어가던 생명도 살아나는 곳이 바로 이곳이지요."

그는 이곳에서의 삶이 영원하다면 곧 천국이 아닐까 하는 생각을 해보았다.

화수가 오늘 묵을 곳은 계곡의 옆에 자리한 아름드리나무의 중간에 있는 작은 오두막이었다.

오두막은 나무들이 얼키설키 꼬여 사람이 쉴 만한 곳을 만든 형식이었다.

사람이 누워서 쉴 수 있는 곳에는 덤불이 자리 잡고 있어

지구의 그 어떤 기술자가 만든 침대보다 훨씬 더 안락함을 주었다.

게다가 침대 주변으로는 과일이 주렁주렁 열려 있어 코끝을 자극하고 배가 고프면 그것을 얼마든지 양껏 섭취할 수 있었다.

화수는 이러니 엘프들에게 경제활동이 필요하지 않겠다 싶었다.

그들은 자신들이 살아가는 모든 것이 숲에 있기 때문에 욕심도, 시기도, 질투도 필요가 없었던 것이다.

화수가 오두막 안으로 들어와 장비들을 풀어놓자, 나무가 스스로 지어서 만든 옷을 건넸다.

스스스스.

탈피한 나무껍질로 만든 옷이지만 비단보다 부드럽고 통풍도 잘되어 입은 것인지 아닌지 분간을 할 수 없을 정도로 편안했다.

화수는 나무에게 깊이 고개를 숙였다.

"감사합니다."

―별말씀을요.

숲의 모든 나무는 작은 세계수로서 엘프들과 숲의 생명들을 보살피고 있었다.

그들은 생명들에게 자신들을 아낌없이 주고 죽을 때까지

보살피며 새로운 생명이 잉태하면 그들까지 돌봐주었다.

때문에 화수가 기거하는 나무에는 각종 동물과 정령이 가득했다.

스르르르릉!

화수가 옷을 갈아입을 때쯤, 페어리와 다람쥐들이 구경을 나왔다.

꺄르르르르!

쩩쩩!

그는 정령들과 다람쥐들에게 인사를 건넸다.

"반갑습니다. 지구에서 왔습니다."

—같이 놀아요!

페어리들은 화수의 주변으로 잔뜩 모여들어 그를 공중으로 붕 띄웠다.

그러자 화수의 몸이 구름에 누운 듯이 아주 자연스럽게 공기를 타고 흘러 다녔다.

그는 신비로운 이 첫 경험에 정신이 혼미해졌다.

"이런 광경이……?!"

화수의 아래에 펼쳐진 광경은 비행기에서 본 것보다 훨씬 더 아기자기하고 아름다웠다.

이제 막 싹을 틔운 어린 새싹과 동물들이 어울려 놀고 나무들은 그런 그들을 감싸 안아 마치 한 가정을 보는 것 같은 느낌을 주었다.

그는 만약 자신이 장가를 들게 된다면 숲과 같은 사람이 되어야겠노라 다짐하였다.

'두 번 다시 나 때문에 슬퍼하는 사람이 없었으면 좋겠다.'

페어리들은 화수를 데리고 숲의 중앙에 있는 연못으로 갔다.

연못은 그 깊이를 알 수 없을 만큼 아득하고 차가워 보였지만 그 주변은 온통 따뜻한 빛으로 가득했다.

―꺄르르르! 여기서 놀아요!

"연못이 너무 깊은 것 같은데요?"

그들은 아랑곳하지 않고 화수를 연못에 빠뜨려 버렸다.

첨벙!

화수는 순간 자신의 몸이 얼음장처럼 차갑게 식어버릴 줄 알았다.

하지만 그와 정반대로 인간의 신체보다 약간 차갑고 부드러운 온도로 화수를 감싸 안았다.

더군다나 물속에서도 숨을 쉴 수 있기 때문에 휴식을 취한다면 이곳에서 잠을 잘 수도 있을 것 같았다.

페어리와 야생동물들이 화수를 따라서 연못으로 뛰어들기 시작했다.

첨버엉!

꺄르르르!

칫칫칫!

화수는 페어리들와 어울려 헤엄치며 숲의 자애로움을 만끽하였다.

"하하하!"

그러다 불현듯 그는 가족들이 생각났다.

만약 그들과 함께 이곳에서 살 수만 있다면 평생 노동을 하면서 살아도 좋겠다고 생각했다.

하지만 그것은 어디까지나 화수의 욕심에 불과했다.

그의 터전은 지구가 분명했기 때문이다.

화수는 일단 오늘은 페어리와 동물들을 동무 삼아 실컷 놀아보기로 했다.

"에잇!"

내공을 옅게 출수시켜 물보라를 일으키자 페어리들이 자지러질 듯이 웃었다.

꺄르르르!

화수는 바람처럼 연못에서 튀어 올라 창공을 갈랐다.

솨아아아아아!

그러자 그의 주변으로 무지개가 돋아나 마치 한 마리의 기린을 보는 듯한 착각에 빠져들게 만들었다.

페어리들은 그런 그를 따라다니면서 교감하였다.

스르르르룽!

무공과 정령력이 만나 앙상블을 이루니 더 이상 그 어떤 수식어도 필요치 않았다.

화수는 오늘의 아름다움을 결코 잊지 못할 것이다.

*   *   *

그날 밤, 화수의 숙소로 숲의 정령들이 술병을 들고 찾아왔다.

나무는 그들이 마실 수 있는 술을 뿌리 밑 깊숙한 곳에 숨겨두었다가 아낌없이 나누어 주었다.

삐리리리릭!

반인정령 판이 부는 피리 소리에 정령들이 흥겹게 춤을 추었다.

엘프들은 정령들의 피리 소리에 이끌려 자정이 깊은 시간임에도 화수의 숙소로 걸음했다.

화수는 나무가 준 고마운 술을 한 모금 머금으며 그들을 맞이했다.

"죄송합니다. 늦은 밤인데 소란을 피웠군요."

"아닙니다. 축제는 언제나 즐거운 법이지요."

엘프들에게 있어서 축제란 때와 장소를 가리지 않는 것이기 때문에 시간이 늦었다고 해서 실례가 되는 것은 아니었다.

이들 역시 자신에게 할당된 역할에 충실하여 종족을 이끌어 나가지만 그 생업 때문에 즐거움을 포기하지는 않았다.

숲 역시 그것을 원치 않기 때문에 엘프들은 매일이 축제였다.

잠시 후, 가만히 앉아서 술을 마시던 화수에게로 키가 작은 꼬마 아이가 다가왔다.

노란색 생머리를 곱게 땋은 꼬마 아가씨는 화수에게 춤을 청하였다.

"아저씨, 춤춰요!"

"나는 춤을 출 줄 모르는데?"

"괜찮아요. 그냥 손만 잡고 빙빙 돌면 되거든요,"

엘프족의 춤은 참으로 간단했다.

두 사람이나 세 사람이 서로 손을 잡고 음악에 맞춰 빙글빙글 돌면서 즐기면 그만이었다.

화수는 꼬마 아가씨의 손을 잡고 음악에 맞춰 발을 굴렀다.

빰빠바바바밤!

흥겨운 선율이 저절로 화수의 몸을 흥겹게 만들어 한바탕 놀기 좋도록 해주었다.

그는 자신도 모르게 미소를 지었다.

"하하하하!"

"아저씨, 재미있죠?!"

"응!"

"오늘 늦게까지 놀아요!"

화수 덕분에 벌어진 축제였지만 엘프들은 남녀노소 할 것 없이 흥겹게 어울려 놀았다.

*　　　*　　　*

다시 길을 떠나야 할 아침이 밝았다.

전술 비행기 앞에 모인 야차 중대를 배웅하기 위하여 엘프 족 마을 사람들이 모두 나와 있다.

어제 화수와 춤을 춘 꼬마 숙녀 에릴린이 분홍색 꽃을 내 밀었다.

"선물이에요."

"선물?"

"우리 집 나무님이 주신 꽃이에요. 먹으면 힘이 난대요."

"고마워. 잘 먹을게."

선물을 받은 그는 가슴에 달려 있던 흉장을 떼어내 에릴린 에게 건넸다.

이것은 화수가 최근 전투에서 받은 훈장으로서 대통령이 준 표창 중에서도 가장 공훈도가 높은 것이다.

"선물이야."

"이게 뭔데요?"

"군인의 명예를 상징하는 훈장이란다. 앞으로 군인처럼 활기차고 당차게 살아가길 바라는 의미에서 주는 거야."

"와아, 신난다!"

화수가 에릴린에게 훈장을 건넨 것은 꼬마 숙녀가 귀엽기 때문이기도 했지만 짧은 시간 동안 마을에서 받은 위로가 그의 마음을 울렸기 때문이다.

그는 마을의 촌장인 에스피란드에게 자신의 어깨에 달려 있던 금빛 휘장을 떼어내 건넸다.

"받으십시오."

"이게 뭡니까?"

"군부의 수장 중에서도 장군에게만 지급되는 휘장입니다. 군부의 명예와 자존심을 상징하지요."

"이렇게 귀한 것을……."

"더 좋은 것을 드리고 싶지만 어차피 세상 물욕을 초월한 존재들에겐 필요가 없을 것 같아서 제 마음을 드리는 겁니다. 별것 아니지만 기쁘게 받아주십시오."

"고맙습니다. 마음만으로도 너무나 감사합니다."

"아닙니다. 제가 더 감사드리지요. 만약 천국이 있다면 이곳이라고 생각했습니다. 자연과 벗 삼는다는 뜻이 무엇인지 깨달은 뜻 깊은 시간이었지요."

"만약 가능하다면 언제든 다시 오십시오. 저희들은 두 팔을
벌려 환영할 겁니다."

"감사합니다."

최산용 중령은 화수에게 모든 준비가 끝났음을 알렸다.

"대장님, 출발할 시간입니다."

"그래, 알겠네."

화수는 야차 중대에게 부동자세를 취하도록 지시하였다.

"일동 차렷!"

촤락!

"전방을 향하여 경례!"

척!

절도 있는 경례에 마을 사람들은 웃으면서 그 인사를 받아
주었다.

특히나 아이들은 그들의 손동작을 따라 하면서 이별의 아
쉬움을 달랬다.

"그럼 저희들은 이만 갑니다. 인연이 닿는다면 또다시 만납
시다."

"잘 가십시오."

야차 중대가 비행기에 오르자 대정령들이 그 주변을 감싸
며 그들의 뒤를 따를 준비를 하였다.

대정령들이 비행기를 보호하면 마계까지 가는 길이 안전할 것이니 걱정이 없었다.

휘이이이이잉!

비행기가 수직으로 떠오르자 마을 사람들이 손을 흔들었다.

"잘 가세요!"

"아저씨, 잘 가요!"

화수는 그들이 보이지 않을 때까지 손을 흔들었다.

제8장

마계로

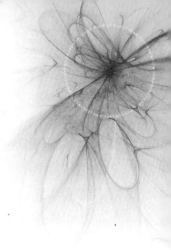

　마계의 입구는 동부 대륙의 최남단 아샤스 화산 바로 아래에 있는 깊은 지하 암반을 통해 들어갈 수 있다.

　대정령들은 이곳에서부터는 자신들의 손길이 미칠 수 없다고 설명하였다.

　―이 아래에는 총 다섯 곳의 몬스터 서식지가 있습니다. 마족들이 자신들의 땅을 확보하고 몬스터들의 서식 환경을 갖춰 주기 위하여 서식지를 마계의 입구로 한정시킨 것이지요.

　"그렇다면 마계까지 가려면 그곳을 뚫고 지나가야겠군요."

　―그런 셈이죠. 마계와 지상계의 계약은 완전한 비소통이

전제되어 있기 때문에 마족들은 당신들이 온 것을 전혀 알지 못하고 있을 겁니다. 그러니 그들의 도움을 바라기는 힘들어요. 하지만 일단 마족과 조우하기만 해도 일은 성공했다고 볼 수 있습니다. 그들과 로드의 심장이 연결되어 있으니 당신이 죽으면 마족도 꽤나 곤란해질 것이기 때문이죠.

"그렇군요."

─아무튼 세계수의 가호가 당신과 함께하기를 간절히 바라 봅니다.

"감사합니다."

대정령들은 화수에게 인사한 후 곧바로 돌아서 다시 자신들의 영토로 되돌아갔다.

이곳은 마기가 강하게 올라오는 지역이기 때문에 대정령들이 오래 머물면 그 신체가 녹아 없어지기 때문이었다.

알레이나는 생전 처음으로 가는 마계 행차에 꽤나 긴장한 모양이다.

"어려서부터 부모님은 마계에 귀신들이 산다고 하셨습니다. 그 아래에는 사신들의 영역인 명계가 위치하고 있거든요."

제이나는 그런 그녀의 긴장을 풀어주기 위해 농담을 건넸다.

"어차피 죽으면 그곳으로 갈 텐데 오히려 잘된 것 아닌가? 죽어서 갈 길이 짧아지는 거잖아."

"후후, 그건 그렇지요."

"살아서도 이렇게 고생하는데 죽어서까지 고생할 것은 없어. 오히려 잘되었다고 생각해."

"그래요. 당신의 말이 맞아요."

화수는 비행기를 아티팩트로 축소시킨 후 궤도 차량을 꺼냈다.

아티팩트는 캡슐의 형태로 되어 있기 때문에 집어넣고 싶은 물건에 가져다 대기만 하면 아무리 거대한 물건이라도 안전하게 보관된다.

딸깍!

캡슐이 닿자마자 비행기는 캡슐로 들어가고 그 안에 들어 있던 궤도 차량이 모습을 드러냈다.

지이이이잉!

은백색 빛 무리가 뿜어져 나온 자리에는 원형 그대로의 궤도 차량이 자리하고 있었다.

황문식은 운전석에 탑승하여 곧바로 시동을 걸었다.

위이이이이잉!

보통의 궤도 차량은 디젤로 운행되기 때문에 소음이 꽤 심한 편이지만 몬스터 코어 복합 발전의 경우엔 그렇지 않았다.

기름을 연료로 사용하여 디젤 관을 만드는 방식을 고스란히 착안하였지만 그 동력이 무한한 열을 생산하는 몬스터 코어이기 때문에 소음이 발생되지 않는 것이다.

더군다나 엔진실의 열을 차단하기 위해 합금 철판을 두껍게 대어놓았기 때문에 엔진을 보호하는 동시에 소음을 완전히 차단할 수 있었다.

덕분에 진동은 거의 느껴지지 않고 바깥의 환경에 따라 차체가 조금씩 흔들리는 정도였다.

궤도 차량은 시동이 걸리자마자 작은 탄약 공장과 포탄 제조 설비가 가동되어 야차 중대가 풍족하게 쓸 수 있는 전투 물자를 생산해 냈다.

지익, 청킹!

스스로 생산과 포장까지 도맡아 하는 생산 설비들은 운전석에서 조작이 가능하기 때문에 보조석에서 총괄을 하게 된다.

보조석에 앉은 최지하는 탄약의 생산 상태에 대해 보고하였다.

"탄약과 포탄의 제조가 원활하게 이뤄지고 있으니 쏘고 싶을 때 마음껏 쏘면 돼."

"어지간하면 쏘는 일이 없었으면 좋겠군."

"그럼 더 좋고."

궤도 차량이 순조롭게 마계의 입구를 지나 100미터 아래에 있는 좁은 길목을 지나갔다.

휘이이잉!

멀리서부터 불어오는 바람에 짙은 습기와 약한 탄내가 섞여 있다.

"뭔가 타고 있는 건가?"

"아마도 마계에서 올라오는 냄새겠지."

엘프들도 마계의 모습을 자세히 본 적이 없어서 알레이나 역시 뭐라 딱히 대답을 해줄 수 없었다.

저 아래에 뭐가 있는지는 직접 가서 확인하는 수밖에 없었다.

좁고 가파른 길목을 지나 100미터 아래로 내려온 야차 중대는 우거진 밀림과 마주하였다.

"동굴 안에 밀림이라……."

"이곳은 차원 안에 있는 또 다른 차원으로 들어가는 길목이야. 밀림이 있다고 해도 이상할 것은 없지. 우리가 레비아탄 안에서 사계절을 모두 다 경험한 것과 같은 이치 아닐까?"

"아아, 그건 그렇지."

이곳이 대기가 형성될 수 없는 공간임에도 불구하고 이렇게 무성하게 풀이 자라 있다는 것은 스스로 뭔가 대사 작용을 한다는 소리였다.

땅이 대사를 촉진할 수도 있고 마기를 머금고 식물이 스스로 자라나는 것일 수도 있었다.

기관총좌에 앉은 김재성이 화수에게 말했다.

"대장님, 전방을 좀 보십시오. 온통 다이아몬드 천지입니다."

"다이아몬드?"

"그런데 색이 아주 새까맣군요."

"흠."

알레이나는 수풀 곳곳에 박혀 있는 아름다운 검은색 광물에 대해 설명하였다.

"저건 다이아몬드가 아니에요. 타고난 마기의 결정이지요. 마기는 마족들의 마법에 동원되고 나면 항상 저런 검은색 결정을 남겨요. 저 결정 안에는 마기와는 반대로 생명을 싹 틔우는 기운이 깃들어 있지요. 세계수님들의 생명수와는 그 경우가 조금 다르지만 식물들을 키운다는 의미에선 어쩌면 같은 맥락의 것일 수도 있습니다."

"아하, 그러니까 마기문명이 만들어낸 결정들이 이곳으로 퍼져 나와 또 다른 세계를 이룩하게 된 셈이군요."

"그런 것입니다. 아마 저런 광경은 앞으로 한 달은 계속될 겁니다."

"탐스럽군요."

물과 양분 없이 자라나는 식물이 있다면 아마도 지구의 농부들은 지금쯤 갑부 소리를 들을지도 모른다.

하지만 애석하게도 마계에서의 채식은 하층민이나 하는 천박한 것으로 여겨진다.

"우리의 눈에는 아주 좋은 양식이지만 저들의 눈엔 그저 먹기 괴로운 혐오 식품에 불과한 것이지요."

"애석하다고 해야 할까요? 평생 야채의 맛을 모를 것 아닙니까?"

"그렇지요. 하지만 고기의 맛은 저들이 아주 제대로 압니다. 평생 육식만을 고집하거든요."

"엘프족과는 정반대의 삶을 살아가는군요."

"그게 바로 세상의 이치 아니겠어요?"

"하긴."

야차 중대는 천천히 궤도 차량을 몰아 수풀 지대를 지나가기로 했다.

*   *   *

수풀 지대 중엽에 도달하니 작은 가지는 모두 사라지고 거대한 나무와 굵은 가지를 가진 식물만 자리하고 있었다.

가지의 굵기만 해도 어지간한 원룸 크기 정도 되었으니 그 나무들의 크기는 높이를 가늠할 수도 없을 정도로 컸다.

덕분에 지나다니는 길이 넓어서 좋기는 했지만 나무들에

매달려 있는 몬스터의 숫자가 너무 많았다.

쒜에에에엥!

궤도 차량이 지나는 길목에 있는 나무에 있던 거대한 벌집에서 킬러비들이 날아들어 차량을 마구 공격해 댔다.

킬러비는 몸길이 3미터에 거대한 날개를 가진 말벌인데 그 공격력이 가히 상상을 초월할 정도로 강력했다.

턱의 힘만으로 사람을 절단할 수 있는 것은 기본이고 독침의 크기가 무려 1미터나 되기 때문에 잘못 걸리면 그냥 몸이 흐물흐물해져 사라질 수도 있었다.

그런 킬러비들이 수도 없이 창궐해 있으며 그 아래엔 거대 개미들과 각종 곤충형 몬스터가 즐비했다.

제이나는 평소에도 곤충을 싫어하기 때문에 이런 정글에서 몬스터가 창궐하면 질색하곤 했다.

오늘은 특히나 많은 양을 눈앞에서 목격하고 나니 거의 혼절하기 직전이다.

"…제기랄, 속이 좋지 않아. 뭐가 저렇게 징그럽게 생겼지?"

"어울리지 않게 구네. 곤충들이 뭐 어때서 그래? 직접 사냥을 하고 있는 것도 아닌데."

"그래도 싫어."

최지하는 이해할 수 없다는 듯이 고개를 내저었다.

"하여간 마귀할멈, 생긴 것과 어울리지 않는 짓들을 자주

한다니까?"

"내 생긴 것이 어때서?"

"쭈글쭈글하지."

"…뭐야?!"

화수는 한참 날카로워진 제이나를 진정시켰다.

"제이나, 좀 앉아. 이곳을 지나가지 않고선 목표를 완수할 수 없으니 어쩔 수 없잖아?"

"젠장, 자기가 아니었다면 이곳을 지나갈 엄두도 나지 않았을 거야. 도대체 이게 무슨 날벼락이야?"

씁쓸하게 웃으며 그녀를 보살피고 있는 화수에게 김태하가 말했다.

"대장님, 전방에 초대형 자이언트 맨티스와 처음 보는 형태의 몬스터들이 싸움을 벌이고 있는데요?"

"싸움?"

화수가 창문 너머로 눈을 돌려보니 길이 10미터의 거대한 사마귀와 장수풍뎅이과 몬스터들이 떼로 싸움을 벌이고 있었다.

퍼버버벅!

사마귀가 앞발로 풍뎅이를 공격하면 그 수액이 사방으로 튀어 올랐지만 풍뎅이의 뿔과 이빨에 찍힌 사마귀 역시 온전하지는 못했다.

죽고 죽이는 전쟁이 온 사방에서 벌어져 숲은 그야말로 아비규환이 따로 없었다.

그중에서 사마귀의 앞발에 찍혀 내장이 튀어나온 풍뎅이 한 마리가 야차 중대의 곁으로 다가왔다.

끄그그그그그.

"어, 어어?!"

제이나는 내장과 수액을 줄줄 흘리며 다가오는 풍뎅이를 바라보며 아연실색하였다.

"아, 안 돼! 문식 씨! 어서 피해! 빨리!"

"이대로 과도하게 방향을 틀었다간 궤도 차량이 옆으로 전복될 겁니다. 킬러비의 밥이 되고 싶어요?"

"그, 그래도……."

옆에서 저격총을 드리우고 있던 김태하가 슬며시 손을 뻗어 제이나의 눈을 가려주었다.

스윽.

그러자 그녀의 떨리던 몸이 약간은 진정되는 듯했다.

"어때요? 이러면 좀 낫겠습니까?"

"으, 응."

"그럼 문제 해결이군요."

무심한 듯 아무런 표정이 없는 김태하였지만 자신의 사람을 챙기는 마음 씀씀이 하나만큼은 비단결처럼 고왔다.

주변에선 김태하 같은 남자가 진국이라고들 했지만 워낙 쌀쌀맞은 말투에 차가워 보이는 인상 때문에 접근하는 여자가 없었다.

하지만 따지고 보면 이곳에서 김태하보다 잘생긴 남자는 찾아볼 수 없었다.

제아무리 화수가 잘생겼다곤 하지만 김태하와 비교할 수준은 아니었다.

그는 매일 마스크로 얼굴을 가리고 다니지만 그래도 어쩔 수 없이 뿜어져 나오는 아우라 때문에 모델 제의가 물밀듯이 들어왔다.

하지만 그는 오로지 총 쏘는 것에만 관심이 있었기 때문에 다른 직업은 선택하지 않았다.

모두 알고도 모른 척하고 있지만 김태하는 이미 야차 여단 내에서도 그 인기가 대단하여 일반인들까지 슬슬 소문을 듣고 있을 정도로 유명했다.

제이나는 원래 잘생긴 남자보다는 마음이 따뜻한 남자를 좋아하기 때문에 김태하에겐 관심이 없었다.

그렇지만 의외로 그녀를 챙기는 김태하의 모습에 약간은 마음이 동한 것 같았다.

잠시 후, 야차 중대가 위험에서 벗어나 몬스터의 전쟁 현장을 빠져나왔다.

김태하는 그제야 그녀의 눈을 가리고 있던 손을 치웠다.

"고마워."

"……."

여전히 무뚝뚝한 그이지만 속이 부드럽다는 것을 알았으니 제이나도 그를 목석처럼 생각하지는 않게 될 것이다.

*　　　*　　　*

우거진 수풀 지대를 지나고 나니 곤충형 몬스터는 비교도 할 수 없을 정도로 거대한 동물형 몬스터들이 즐비한 밀림이 나왔다.

밀림에는 오우거, 켈베로스, 헬하운드 등이 서식하고 있었는데 그 크기가 평소 화수가 보아온 것에 거의 열 배가 넘었다.

야차 중대는 이 엄청난 위용에 압도되다 못해 실소를 흘렸다.

"…대장님, 우리가 지금까지 보아온 몬스터는 그냥 미물에 불과한데요?"

"그래, 이 정도 규모라면 혼돈이나 레비아탄은 그냥 지나다니는 흔한 맹수도 못 되겠군그래."

혼돈도 몬스터의 한 종임을 생각하면 지구상에 나타난 혼돈은 약한 축에 속할 수도 있었다.

조심스럽게 궤도 차량을 타고 전진하던 야차 중대는 무리를 지어 있는 초대형 헬하운드 구역에 도달했다.

크르르르르릉!

야차 중대는 저놈들이 머지않아 공격해 올 것임을 직감하였다.

황문식은 당혹스러움을 감추지 못했다.

"놈들이 서서히 다가오기 시작합니다. 어쩌면 좋습니까?"

"제기랄, 뭘 어쩌면 좋단 말인가? 저놈들의 불에 맞으면 이 궤도 차량도 무사하지 못할 거야."

화수는 물러서지 않고 오히려 정면 돌파를 선택하였다.

"우리에겐 마법 아티팩트가 있다. 더군다나 저들에겐 없는 과학 무기가 있으니 맞붙어도 지지는 않을 거야."

"그럼 이곳에서 전투를 치릅니까?"

"물론이지."

그는 야차 중대에게 전투태세를 명령하였다.

"지금부터 저놈들을 상대할 전투에 돌입한다. 지구에서 준비해 온 포지선대로 중장비를 운용할 수 있도록."

"예!"

화수가 궤도 차량의 문을 열자 중대원들은 각자 가지고 있던 캡슐에서 중장비를 하나씩 꺼내기 시작했다.

지이이이잉!

이곳저곳에서 빛이 새어 나와 어느새 중장비들이 진영을 갖추어 대기하게 되었다.

최지하는 진형에서 가장 앞에 있는 전차에 몸을 실었다.

야차 여단에서 운용하고 있는 흑표전차의 업그레이드 모델 치우천왕 전차는 철저히 몬스터 합금으로 이뤄진 장비였다.

다이아몬드 열 배의 강도와 총 무게 10톤의 전차는 대구경 자주포와 공중 사격 시스템을 갖추고 있었다.

여기에 운전수 중앙 제어 시스템이 모든 전차를 지배하기 때문에 1인 운용이 가능하다는 장점이 있었다.

그녀가 전차를 타고 대형의 선두에 서자 그 후방으로 장사정 곡사포와 자주포, 다련장 로켓이 차례대로 포진하였다.

어지간한 사단급 부대를 상대해도 될 정도의 화력이었지만 그 긴장감은 상상 이상이었다.

―후우, 심장이 터질 것 같군.

"긴장할 것 없다. 그래봤자 놈들은 몬스터에 불과하다."

몬스터들이 슬금슬금 속도를 올려 다가올 때쯤, 각 무기에 붙어 있던 아티팩트가 작동하기 시작했다.

위이이이잉!

가장 먼저 발동한 것은 최지하가 타고 있는 전차의 아티팩트였다.

전차에는 앱솔루트 베리어가 걸려 있기 때문에 그 어떤 공격에도 살아남을 수 있는 능력이 있었다.

크르르르릉, 크아아아앙!

헬파이어의 세 배쯤 되는 강력함을 가진 헬하운드의 숨결이 전차에 닿자 불길이 너무나도 허무하게 흩어져 버렸다.

팟!

최지하는 슬그머니 미소를 지었다.

―오호라, 이거 참 쓸 만한데?

"좋아, 이 틈을 타서 공격한다!"

―제1번 포, 사격 준비 끝!

헬하운드 무리는 모두 다섯 개로 쪼개져 진격하고 있었는데 그 거리가 꽤 멀었다.

그러니 야포로 장거리 밖에 있는 적을 타격한다면 아주 효과적일 터였다.

제1번 포는 최지하의 바로 뒤에 있는 자주포 '진각'이었다.

진각 자주포는 대구경 고폭탄을 양쪽에 장전하여 사격하는 방식인데 고폭탄의 구경이 거의 15인치에 달하기 때문에 떨어지는 순간 주변이 모두 불바다로 변해 버린다.

더군다나 최하급 몬스터 코어를 가공하여 충진물에 섞었기 때문에 유효 살상 반경이 거의 1.5㎞에 달했다.

이런 포탄을 1초에 두 발씩 사격할 수 있으니 충각이 불을 타깃으로 삼은 곳은 모두 초토화가 될 수밖에 없었다.

그렇지만 헬하운드는 불길에서 서식하는 몬스터이기 때문에 화염에는 별다른 손상을 입지 않았다.

때문에 화염을 얼음의 불길로 바꾸어주는 프리징 마법이 내장된 아티팩트가 탄의 성향을 바꾸어 공격하게 될 것이다.

아티팩트를 이용하여 사격하자 사방에 푸른색 불길이 일어났다.

슈웅, 콰아아앙!

화르르르륵!

하지만 그 불길에는 영하 100도 이상 가는 극한의 기운이 담겨 있었다.

불길에 닿은 몬스터들은 꼼짝도 못한 채 그 자리에서 얼음이 되었다가 금세 부서져 산산조각이 나버렸다.

자주포의 사격을 담당한 강아성 소령이 통쾌한 함성을 내질렀다.

―오오! 이거 완전 물건인데?!

전방에서 중장비들이 활약하고 있을 무렵, 김태하 소령은 특수 제작된 초대형 기계 방식 저격총좌에 앉았다.

'주몽'으로 불리는 이 저격총은 구경 2인치 탄환을 사용하여 유효 사거리 40km의 어마어마한 위력을 가지고 있었다.

다만 폭발 위력은 그리 크지 않아 대량 살상은 불가능하지만 탄환의 앞이 쐐기의 형태로 되어 있어 그 어떤 목표물도 관통시킬 수 있었다.

레비아탄 사태가 터진 이후 한국군에서 개발한 이 무기는 전 세계에서 다룰 수 있는 사수가 단 한 사람, 김태하 소령뿐이었다.

주몽은 몬스터 코어에서 뿜어져 나오는 열을 압축시켜 탄환의 발사에 사용하는데, 그것이 발사될 때 약간의 전자펄스가 생성되었다.

그 전자펄스는 사격 통제장치를 무력화시키기 때문에 정밀 전자기기를 도입하는 것이 불가능했다.

장전이나 가스 분출 등은 기계가 알아서 하지만 조준 및 발사는 모두 사수가 짊어져야 할 몫이었다.

총 네 개의 관을 연결하여 만든 총열과 그 열을 식혀주는 냉각장치의 길이는 무려 40미터이며, 그 후방에 달려 있는 장전장치와 탄알집 등은 길이 5미터에 달했다.

총 45미터의 총은 네 개의 집게발이 달린 장갑차에 적재하여 다닐 수밖에 없었다.

쿠웅!

김태하 소령은 주몽의 총신 아래에 달린 집게발을 땅에 쑤셔 박아 중심을 잡고 사격할 준비에 돌입했다.

주몽의 사격 통제장치에는 날씨와 온도, 습도, 바람을 정밀 체크하고 지형을 그래프로 나타내 주는 레이더가 달려 있다.

격발장치에는 보통의 저격총과 비슷한 크기의 방아쇠가 달려 있었는데 그 위로는 어깨에 견착 방식 정밀 조종기가 붙어 있다.

정밀 조종기는 사수가 움직이는 대로 통제장치를 조작하는 장치이기 때문에 약간의 떨림에도 반응하도록 되어 있었다.

무려 40㎞ 밖에서 정밀 사격을 하기 때문에 아주 미세한 차이가 현격한 격차를 벌어질 수 있는 셈이다.

그렇기 때문에 몸통과 다리를 꽉 잡아주는 고정 장치와 몬스터 피부로 만들어진 충격 방지 패드가 사격대 아래에 내장되어 있었다.

김태하 소령은 사격대에 누웠다.

"후우!"

깊게 심호흡을 하는 그의 눈에 바람 및 습도의 재원이 나타났다.

삐빅!

동서풍 초속 5m/s , 습도 70%…….

그는 사격대에 누워 저 멀리 보이는 우두머리 암컷을 조준하였다.

헬하운드는 암컷이 우두머리를 맡는데 그 덩치가 일반적인 수컷에 비해 무려 1.5배 이상 컸다.

대략 500마리쯤 되는 무리를 통솔하는 우두머리 암컷의 덩치는 무려 20㎞ 밖에서 보기에도 눈에 확 띄었다.

김태하는 중대에게 발사 예고를 했다.

"3초 후에 사격하겠다."

—입감.

—자주포, 장갑차, 잠시 대기.

전자펄스가 발생하면 아주 미약하지만 주변 정밀 기기들에
게 영향을 주기 때문에 되도록 사격을 자제하는 것이 좋았다.

그는 조준경을 우두머리 암컷의 머리에 겨누었다.

지이잉.

허블망원경을 재구성하여 만든 조준경은 40㎞ 밖의 암컷을
정밀 조준할 수 있을 정도로 해상도가 높았다.

김태하 소령은 다시 한 번 깊이 심호흡을 하였다.

"후!"

그가 호흡을 멈추자 몸에서 느껴지던 약간의 진동마저 멎
어버렸다.

순간, 그의 손가락이 아주 과감하게 방아쇠를 당겼다.

철컥.

그러자 쐐기 모양의 탄환이 바람을 가르며 날아갔다.

타아아아앙!

탄환이 날아감에 따라 가스가 분출되고 약실에 다시 탄약
이 재장전되었다.

철커덩!

쿵!

김태하는 그럼에도 불구하고 다시 호흡을 가다듬으며 재사격을 준비하였다.

그렇게 시간이 몇 초 지났을 무렵, 탄환이 목표물에 닿았다.

퍼어어억!

푸하아악!

"성공이군."

─오오, 저 먼 거리를 어떻게⋯⋯?!

"기계가 좋은데 이것도 못 맞추면 그게 군인인가?"

─⋯그럼 우리는 모두 다 군인이 아니라는 소리야?

"난 저격 훈련을 받았잖아. 훈련을 받은 군인이라면 모두 다 쏠 수 있어."

우두머리 암컷이 사망하자 줄을 지어 달려오던 헬하운드 무리가 돌격을 멈추었다.

끼이잉!

─작전 성공입니다. 역시 대가리가 없으니 별것 아니군요.

화수는 이제 야차 중대를 모두 궤도 차량 안으로 불러들였다.

"모두 복귀할 수 있도록."

—예, 알겠습니다.

지구에서 이 정도 규모의 작전을 성공시켰다면 표창을 한 트럭은 받겠지만 이곳은 마계였다.

이것은 수많은 작전 중에서도 가장 난이도가 낮다고 볼 수 있었다.

화수는 동료들과 장비를 모두 궤도 차량에 실어 다시 길을 떠나기로 했다.

＊　　　＊　　　＊

수풀 지대를 지나 도착한 곳은 황량한 벌판이었다.

휘이이이잉!

만년설이 지천에 널린 이곳의 기온은 영하 50도였다.

만약 아무런 장비 없이 밖으로 나갔다간 금세 몸이 얼어 동사하기 딱 좋았다.

"이곳의 기후는 도저히 종잡을 수가 없군요."

"마기의 파편 때문입니다. 초자연적인 현상을 빚어내는 만큼 변수가 많지요."

궤도 차량은 영하 55도까지 버틸 수 있는 장비이지만 한계점에 가까워져 올수록 성능 저하가 눈에 띄었다.

끼리리릭!

황문식은 차량의 시동이 꺼지자마자 곧장 퓨즈 박스를 열어 어느 곳에 문제가 있는지 확인해 보았다.

"연료부에 문제가 생겼습니다. 너무 추워서 가열이 제대로 안 되는 것 같습니다."

"그럼 어떻게 해야 하나?"

"어쩔 수 없습니다. 보조 발전기를 돌려서 추가적으로 열을 생산하고 엔진을 가동시킬 수밖에요."

"꽤나 번거로운 일이 되겠군."

"그래도 밖에 나가서 개고생을 하지 않는 것에 감사해야 하지 않겠습니까?"

"하하, 그건 그렇지."

황문식은 그 어떤 상황에서도 의연하게 행동할 수 있는 강력한 멘탈을 가지고 있기 때문에 사실상 정신적인 지주의 역할을 할 때가 많았다.

그는 금세 차량을 고쳐 다시 운행을 시작했다.

부르르르릉!

"됐다. 걸렸습니다."

"자네가 고생이 많군."

"고생은 무슨, 그나마 이 사지를 뚫고 올 수 있도록 도와준 드래곤 일족이 있어 힘들지는 않습니다."

화수는 고개를 돌려 사주경계를 취하고 있는 대원들에게

물었다.

"춥지 않나?"

"괜찮습니다. 발이 좀 얼 것 같긴 하지만 생명에는 별 지장이 없으니까요."

"후후, 다들 멘탈이 강해서 다행이야."

강하나는 덜덜 떨리는 입술을 억지로 위로 밀어 올리며 말했다.

"대, 대장님을 만나 강해진 것이지요. 제가 처음 전입해 온 때를 기억하십니까?"

"으음, 그때의 강 소령은 연약하다는 생각이 들었지."

"하지만 이제는 마계에 와서도 의연합니다. 모든 것이 대장님 덕분이지요."

"후후, 다행이로군. 내가 도움이 되었다니 말이야."

화수는 대원들을 더욱 격려하였다.

"조금만 참자. 이곳에서 일주일만 버티면 마지막 관문에 도착할 것이다. 그곳에 도착하기만 한다면 앞으론 괜찮을 거야."

"예, 대장님."

야차 중대는 다시 한 번 힘을 내어 길을 재촉했다.

*   *   *

설원에서 일주일이 흘렀다.

고오오오오!

이제는 설원 지대의 온도가 계속 내려가 차량의 한계 지점에 닿아 있었다.

끼이이익!

자꾸만 얼어붙는 엔진을 간신히 녹여가며 전진하느라 속도가 다소 떨어졌고 대원들도 눈에 띄게 지쳐 있었다.

이제는 몬스터와의 싸움보다 추위와의 싸움이 더 문제가 되었다.

"……차라리 떼로 덤비는 몬스터와 싸우는 편이 낫겠습니다."

"이젠 손도 잘 안 움직입니다. 언제까지 가야 하는 겁니까?"

알레이나는 지도를 펼쳐 주변의 지형지물을 확인했다.

그녀가 보기에 야차 중대는 맞는 방향으로 가고 있었지만 진군 속도가 느려서 예정보다 도착이 늦어지는 것 같았다.

"다들 알다시피 장비의 운용에 한계가 있습니다. 그러니 힘들어도 조금만 더 참아요. 거의 다 왔습니다."

"그, 그렇군요."

추워서 한 발자국 떼는 것조차 힘든 상황에서 하루만 더 지나도 대원 중 한 명은 쓰러질 것만 같았다.

그렇지만 대원들의 멘탈은 절대로 흔들리지 않았다.

최지하가 자리에서 벌떡 일어나 외쳤다.

"에라, 모르겠다! 추워 죽겠는데 술이나 한잔하자!"

"술이요?"

"이렇게 추운데 어떻게 맨 정신으로 버티나? 한잔 마시면 좀 나을 거야."

그녀는 엘프족 마을에서 가지고 온 엄청난 도수의 독주를 한 모금 들이켰다.

꿀꺽!

"크흐!"

그러자 사방으로 달콤한 꽃 냄새가 진동하였다.

알레이나는 다소 망설이는 대원들 대신 솔선수범하여 술을 마셨다.

꿀꺽꿀꺽!

"으헙, 독하다! 그래도 몸이 따뜻해지는군요!"

화수는 술병을 잡고 대원들이 앉은 곳을 돌면서 술을 한 잔씩 돌렸다.

"한 잔씩 마시자."

"이러다가 몬스터가 나타나면요?"

"그때 죽으나 지금 얼어서 죽으나 그게 그거 아닌가?"

"에잇, 나도 모르겠다!"

대원들이 모두 한 잔씩 마시니 주변이 금세 후끈해졌다.

"오호, 좋은데? 훨씬 낫습니다!"

"거봐. 술은 만병통치약이라니까."

화수는 마지막으로 한 모금씩 술을 더 돌린 후에 출발하기로 했다.

"황문식 중령, 한잔하지."

"음주운전인데 괜찮을까요?"

"평소에도 잘하잖아?"

"하하, 그건 그렇지요."

그는 화수의 잔을 받았다.

"원래 식구들을 태운 차에선 술을 마시지 않습니다만, 오늘은 예외로 치지요."

꿀꺽!

황문식까지 연거푸 두 잔 술을 마치고 난 후 화수는 계속해서 진군하기로 했다.

"가자."

"예!"

야차 중대는 서로 체온을 나누며 설원 지대를 계속 통과하였다.

약 삼 일 후, 드디어 눈앞을 가득 채우던 만년설이 없어지고 맨땅이 드러났다.

거의 녹초가 된 대원들은 환호성을 질렀다.

"와아아아! 드디어!"

"그래요, 여기가 바로 마계의 초입입니다! 우리는 살았어요!"

"다행입니다."

화수는 최지하의 어깨를 두드렸다.

"모두 자네가 챙긴 술 덕분이야."

"후후, 뭘. 작전 중간에 마시는 것을 조금 나누어 주었을 뿐이야."

잠시 후, 야차 중대의 궤도 차량으로 검은색 그림자 한 무리가 다가왔다.

스스스스스스!

순간, 중대는 바짝 긴장하였다.

"모, 몬스터인가?!"

"글쎄요. 조금 더 지켜보자고요."

이윽고 그림자들은 서서히 사람의 형상으로 변해갔다.

파앗!

짧은 반짝거림을 뿜어낸 그림자들은 온전한 사람으로 변하여 궤도 차량의 문을 두드렸다.

똑똑똑.

화수는 다소 긴장된 표정으로 문을 열었다.

"…누구십니까?"

"드래곤 로드님의 심장을 가지고 계시군요. 그분께서 보내신 겁니까?"

"네, 그렇습니다."

검은색 피부에 다소 이국적인 이목구비를 가진 그녀는 마치 소설 속에 나오는 여신을 보는 것 같은 느낌을 주었다.

그 뒤에 서 있는 남자와 여자들 모두 감탄사를 연발하지 않고는 못 배길 정도로 아름다운 미색을 뽐내고 있었다.

그녀는 화수에게 손을 뻗었다.

"반갑습니다. 귀마족회의 부의장 이벨리나입니다."

"강화수입니다. 지구에서 왔습니다."

"지구!"

지구라는 이름을 이벨리나 역시 들어본 적이 있는 것 같았다.

"우리의 죄인이 반역을 꿈꾸다가 차원을 문을 뜯고 들어가 숨은 곳이 지구라고 들었습니다. 지금 지구는 어떻습니까?"

"거의 초토화될 분위기입니다. 지금 그를 소환하지 않으면 우리 모두 다 공멸하고 말 겁니다."

그녀는 조급한 표정이 되었다.

"그럴 수는 없지요. 어서 갑시다!"

이벨리나가 손을 한번 내젓자 그녀의 앞에 검은색 포털이 생성되었다.

지이이이이잉!

"그 마차를 이곳으로 넣어주시면 대마신 회의장으로 이동할 겁니다. 드래곤 로드님은 우리의 혈맹이니 해치지 않습니다. 그러니 안심하고 들어오시지요."

"고맙습니다."

야차 중대는 이벨리나의 안내에 따라 포털 안으로 들어갔다.

제9장
평화를 위하여

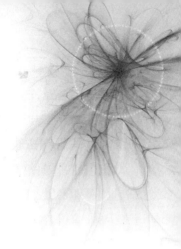

　마계의 중심에는 황제 베리알이 사는 황궁이 위치하고 있다.

　영롱한 마계의 블랙 미스릴과 황금으로 수놓아진 황궁은 대도시 하나를 모두 차지하고도 남을 정도의 크기였다.

　고딕 양식과 흡사한 지붕은 하늘을 뚫고 올라갈 듯이 사납게 우뚝 서 있었고, 불길이 일렁이는 벽면에는 역대 마신들의 얼굴이 생생하게 조각되어 있었다.

　야차 중대는 이 엄청난 위용에 그만 넋을 놓고 말았다.

　"…대단하군. 수 킬로미터 앞에서 망원경으로 살펴도 그 크기를 가늠할 수 없는 황궁이라니. 마기문명의 고도가 없이는 절대로 불가능한 일이야."

"마족들의 문명이 발달했다는 소리를 듣기는 했지만 이 정도일 줄은 몰랐습니다."

황제의 얼굴을 마주할 수 있는 알현실 앞에는 마기의 결정체인 흑마석이 심장에 박힌 마도병기들이 부동자세를 취하고 있었다.

마도병기는 다이아몬드를 연마해서 만든 검은색 암석으로 이뤄진 크기 5미터의 거대한 인간형 로봇이다.

이 로봇들 안에는 평마족 중에서도 검술에 자질이 뛰어난 사람들이 들어가 생체병합을 이루고 있다.

마계의 저력은 이 마도병기들에 의해서 나오는 것이라고 해도 과언이 아니었다.

이벨리나가 마도병기들에게 화수 일행이 왔음을 알렸다.

"지구에서 드래곤 로드님의 손님이 오셨다. 황제께서 손꼽아 기다리신 손님들이니 극진히 대접하라."

"예, 부의장님."

이윽고 그 끝을 알 수 없을 정도로 높이 솟아 있던 알현실의 문이 열렸다.

쿵, 그그그그그그!

기암절벽이 스스로 움직이는 듯 알현실의 문이 열릴 때마다 화수의 심장도 함께 흔들렸다.

잠시 후, 문이 열리고 그 안에 이 열로 늘어서 있는 귀마족들의 모습이 보인다.

인간의 약 두 배에 달하는 키를 가진 마족들은 그 미모가 아름다운 조각상을 보는 듯이 수려하였다.

하지만 그 몸에서 뿜어져 나오는 아우라가 워낙 강렬해서 아름답다는 생각보다는 위협적이라는 느낌이 더 먼저 들었다.

이벨리나는 화수 일행을 데리고 알현실로 들어섰다.

귀족들은 그녀가 지나갈 때마다 저마다 고개를 숙이며 예를 표하였다.

"대공녀님."

"아벨리나 님의 앞길에 광영이 가득하길!"

그녀를 따라서 500미터쯤 걸어가니 아득한 크기의 권좌에 앉은 마제 베리알이 근엄한 표정으로 앉아 있다.

그는 우람한 팔뚝으로 턱을 괸 채 화수를 내려다보았다.

권좌에 살짝 기댄 그의 등 뒤에선 공간마저 일그러뜨리는 마기가 풀풀 풍겨 나오고 있었다.

화수는 그 중압감에 마치 몸이 찌그러지는 듯한 느낌을 받았다.

'이게 바로 지하 최강 종족을 이끄는 리더의 위용이라는 것이구나. 역시 인간은 우주의 먼지에 불과한 것이었어.'

인간들 사이에선 화수가 꽤나 강력한 존재로 통했지만 마계에선 그리 특별할 것도 없는 하찮은 존재에 불과했다.

하지만 마제 베리알은 그런 화수에게 하오체를 사용하여 나름대로의 예의를 갖추어 주었다.

"반갑소. 그대가 드래곤 로드의 뒤를 이은 사람이라고 하더군. 맞소이까?"

"예, 그렇습니다. 지구에서 온 강화수라고 합니다."

"먼 길 오시느라 고생 많았겠지만 워낙 다급한 사안이라 문제에 대한 얘기부터 듣고 싶소. 이해하시리라 믿소."

"물론입니다."

화수는 그에게 이클린트가 벌이고 있는 일들에 대해 아주 상세히 설명하였다.

그러자 그는 아주 난감한 표정을 지었다.

"이런 빌어먹을 종자 같으니. 마계에서도 그리 사고를 치더니 이젠 다른 차원으로 넘어가 난동을 부리는군. 미안하게 되었소. 다 짐의 불찰이외다."

"아닙니다. 어디를 가나 그런 사고뭉치는 있게 마련이지요."

그는 이클린트가 원래 마족회의의 주축을 담당하는 연구회의 수석연구원이었음을 밝혔다.

"원래 이클린트는 우리 마족들의 무궁한 발전을 이루고 민생을 구원하는 마기연구회의 수석연구원이었소. 마기연구회는 지금의 문명에서 문제가 되는 부분을 개선하고 앞으로 우리 종족이 발전해 갈 수 있도록 길을 제시하는 기관이오. 짐은 그에게 연구회의 수석연구원 자리를 내어주고 작위까지 내렸소. 하지만 놈은 나라를 배반하고 더 나아가선 자신의 고향까지 무너뜨리려 하였소. 지금까지 우리 종족이 얼마나 많은 피를 흘려 이룩한 평화인데 놈은 그것을 손바닥 뒤집듯 뒤집어 버렸소이다. 역적 중에서도 그런 역적은 역사에서도 유례를 찾아볼 수 없을 정도요."

"그는 노예제도를 혁파하겠다는 원대한 포부를 품었다고 들었습니다. 노예들은 그의 그런 포부에 반하여 동참하였고요."

그는 고개를 저었다.

"어차피 마기문명이 발달하게 되면 노예제도는 자연스럽게 없어지게 될 것이오. 더군다나 우리는 귀마족들이 가진 힘을 일부 추출하여 응축시킨 '오라클' 시스템을 개발하고 있었소. 오라클 시스템은 귀족 전체가 나아가야 할 방향을 제시하고 가장 올바른 정책을 재정하고 개편할 수 있는 시스템이오. 오라클 시스템은 재정된 정책을 마력의 가상공간 안에서 펼쳐 보고 그 결과를 바탕으로 제도를 끊임없이 개선할 수 있는 마기문명의 결정체라 할 수 있소. 만약 오라클 시스템이 완성되기만 한다면 노예제도는 알아서 혁파될 것이고 계급제도 역시 완화될 것이오. 우리는 지금까지 제국주의에서 발생된 폐단과 계급제도의 치명적인 단점들을 보완하기 위해서 무던히도 노력해 왔소. 그 결과 오라클 시스템처럼 완벽한 제도적 장치를 마련하게 된 것이외다. 만약 오라클 시스템이 안착하여 제대로 된 정치를 펼칠 수 있게 된다면 지금의 귀족회의를 없애고 공화정을 실시하여 황가와 공화정이 서로 공존할 수 있는 새로운 세계를 구축할 수 있게 되는 것이오."

"그러니까, 오라클 시스템이 제도를 만들고 수정하면 그것을 공화정으로 가지고 와서 회의를 통하여 도입한다는 말씀이시군요."

"그렇소. 기계가 만든 완벽한 제도에서 없앤 인간적인 부분을 추가하고 실제로 백성들이 납득할 만한 의견들로 살을 붙이는 것이오. 앞으로 우리 마족은 그런 완벽한 세상에서 살아가게 되는 것이지. 그럼 싸움도 없고 폐단도 없어질 것이오. 오라클에 대응하는 공화정과 사법기관인 마족 대법관회의를 통하여 사회를 꾸려 나간다면 앞으로 우리 마계는 더 살기 좋은 곳이 될 것이외다."

언약으로 묶인 드래곤 로드와 마신 사이에는 한 치의 거짓도 있어선 안 되기 때문에 그는 화수를 현혹시키는 말은 하지 않을 것이다.

또한 마족들의 황제가 갖는 명예는 결코 가벼운 것이 아니기 때문에 거짓은 조금도 허용될 수가 없었다.

그는 자신이 가진 무소불위의 권력을 통하여 사회를 바꾸어갈 것임을 시사하였다.

"짐은 마족 모두의 충성으로 차원에서 손꼽히는 강자의 반열에 올랐소. 이제는 이 힘을 통하여 나라를 지키고 통치권은 백성들에게 넘겨줄 생각이오. 더 이상 사회의 꼭대기에 군림하기만 하는 절대자는 나타나지 않을 것이라는 소리요."

"그렇군요. 강력한 힘과 공화정이라……. 이상적인 이론입니다. 만약 그것이 안착된다면 이곳은 유토피아가 되겠지요."

베리알은 유토피아라는 소리에 환희 가득한 미소를 지었다.

"유토피아! 모든 황제가 꿈꾸는 세상이오. 모두가 행복한 세상, 고통에 신음하는 백성이 없는 나라! 이런 태평성대야말로 역사에 길이 남을 업적이란 말이오! 그렇지 않소?"

"맞습니다. 그런 나라가 진짜 사람 사는 곳이지요."

"…하지만 이클린트 그 작자가 내 꿈을 모두 망쳐 버렸소. 그놈이 오라클 시스템을 구축하기 위해 만들어둔 초대형 흑마석을 탈취하여 군대를 조직하고 몬스터를 조련하는 바람에 우리는 앞으로 300년을 더 기다려야 하오. 내 신하들은 초대형 흑마석을 만들기 위해 이미 심장의 2/3를 헌납하였소. 더이상 무리하면 귀족들은 모두 다 힘을 잃고 우리 마계는 붕괴하게 될 것이오. 마계는 우리 상위마족들의 마기로 인해 버티고 있는 공간이기에 귀족회의가 없다면 마족도 없소. 그러니 힘이 다시 생길 때까지 당분간 이대로 추이를 지켜보는 수밖에."

"그런 허무한 일이……."

베리알은 가까스로 감정을 추슬렀다.

"아무튼 간에 이클린트를 잡아서 족칠 수만 있다면 모든 문제가 해결될 것이오. 지구는 평화로워지고 드래곤 일족과 엘프들은 다시 고향으로 되돌아갈 수 있겠지. 그리고 그 무엇보다 우리 마족은 다시 공화정을 이룩하고 새로운 세상을 구축하게 될 것이외다. 그것은 우리 마족이 한 발자국 앞으로 도약하는 일이 될 것이오."

"모두가 좋은 일, 가능하시다면 그놈을 좀 잡아서 없애주시지요."

"물론이오. 차원의 틈은 나와 드래곤 로드가 상의해서 단단히 틀어막아 줄 테니 그놈만 잡게 도와주신다면 다신 이런 일이 일어나지 않을 것이오. 짐이 약속하리다."

화수는 고개를 끄덕였다.

"감사합니다. 언제고 빚을 갚을 수만 있다면 무조건 갚겠습니다."

"빚은 무슨, 빚은 우리 마족이 그대들에게 진 것 아니요? 그런 소리 하지 마시오."

화수와의 대화를 마친 베리알은 귀마족들에게 말했다.

"귀족회의에 알리노라. 지금 당장 마족군단을 소집하고 지구로 출정할 준비를 하라. 반역자 이클린트를 처단하고 지구의 평화를 되찾아올 것이다."

"분부를 받듭니다!"

베리알은 귀족회의 수장인 대공 프리우스에게 화수를 따라갈 것을 지시하였다.

"대공, 그대가 지구의 손님을 직접 수행하여 주시게."

"물론이옵니다, 폐하. 공화정을 위해 이 한목숨 기꺼이 바치겠습니다."

프리우스는 화수에게 악수를 건넸다.

"잘해봅시다. 우리가 지구로 넘어가게 되면 약간의 혼란이 야기될 것이오. 그대가 그 혼란을 잘 수습해 주시오."

"물론입니다."

야차 중대는 1천만 마족군단과 함께 차원의 틈을 넘기로 했다.

*　　　　*　　　　*

그날 밤, 황제의 명령으로 소집된 1천만 마족군단이 마도비행선에 승선하였다.

마도비행선엔 군단의 모든 무기와 중화기들이 실려 있으며 원하는 위치에 병력을 송신할 수 있는 능력이 있었다.

마족군단의 총사령관이자 공작 이시린이 언데드의 수장 리치킹 리베이든과 함께 화수를 찾아왔다.

귀족회의의 두 주축이라 불리는 이시린과 리베이든은 이번 작전을 속전속결로 끝내야 함을 시사하였다.

"이 세상의 어떤 종족이든 간에 이종족의 출입을 달가워하는 종족은 없습니다. 그러니 최대한 지구에서 머무는 시간을 단축하는 것이 좋겠습니다."

"그렇군요. 잘 알겠습니다. 저희들이 마족들을 도와 최대한 빨리 체포할 수 있도록 조력하겠습니다."

리치킹 리베이든은 화수에게 자신의 부하들을 파견해 주기로 했다.

뿌연 연기에 휩싸인 리베이든은 그저 낮고 음습한 음성만을 가진 존재였다.

그는 화수에게 부하들을 소개할 때에도 음성으로만 존재하였다.

─뱀파이어로드와 데스나이트 군단장, 그리고 마스터 구울을 파견하여 드릴 테니 필요하다면 들여 쓰시오.

"감사합니다."

뱀파이어로드는 마계의 그림자로 불리는 암살자 뱀파이어

들을 파견하여 이클린트를 추격하여 섬멸할 것이라 예언했다.

"어차피 이클린트는 죽어서 언데드로 되살릴 수 있는 놈입니다. 우리는 놈을 발견하자마자 사살할 겁니다. 인간들도 놈을 발견하게 되면 주저하지 말고 살육하십시오. 그런 놈에게 동정을 느끼는 것조차 사치입니다. 아시겠지요?"

"물론입니다. 우리 인간도 그놈 때문에 꽤 많은 사람이 죽었습니다. 만약 찾아낸다면 그 자리에서 목을 비틀어 버릴 겁니다."

"잘 생각하셨습니다."

리베이든의 부하 마스터 구울이 이시린에게 탑승 완료를 알렸다.

"크울, 총사령관님, 모든 병력이 승선했습니다."

"좋아, 당장 출격한다. 차원의 문을 열어라."

"크울, 크울! 알겠습니다!"

마스터 구울은 데스나이트 군단장들과 함께 대마신의 검을 하늘 높이 들어 올렸다.

그러자 새까만 하늘이 열리면서 한 줄기 빛이 새어 나오기 시작했다.

쿠그그그그그!

그 빛이 뇌전으로 바뀔 때쯤, 검은색 포털이 열렸다.

츠츠츠츠츠!

이시린은 회색 검신의 대검을 뽑아 들었다.

챙!

"전군, 진군하라!"

마스터 구울은 이시린의 명령에 따라 진군의 포효를 내질렀다.

쿠오오오오오오!

마계군단의 비행선 200대가 차원의 틈으로 빨려들어 이계로의 원정에 돌입하였다.

화수는 야차 중대에게 귀환을 명령했다.

"우리도 출발하자. 마계군단을 따른다."

"예!"

이제 야차 중대의 원정도 그 끝을 향해 달려가고 있었다.

＊　　　　＊　　　　＊

하늘 문이 열리고 검은색 빛줄기가 내려왔다.

지이이잉!

미항공우주국은 외계 생명체의 진입에 바짝 긴장할 수밖에 없었다.

나사의 국장 라이언 노스먼은 백악관과 연결하기 위하여 전용 회선으로 전화를 걸었다.

하지만 역으로 그에게 전화가 걸려왔다.

따르르르릉!

라이언 노스먼은 얼떨결에 전화를 받았다.

"여, 여보세요?"

─국장님, 저는 한국 수렵 여단의 강화수 준장이라고 합니다.

"강화수 준장님?"

나사와는 자주 소통하며 지내온 화수이기에 라이언 노스먼은 그의 목소리가 조금 익숙하게 느껴졌다.

화수는 그에게 미확인 비행 물체가 적이 아니라 아군이라고 알렸다.

─이들은 제가 이끌고 온 동료들입니다. 몬스터 사태를 종결시킬 장본인들이지요. 더 나아가선 제네시스 스쿼드를 끝장낼 종결자들입니다.

"그, 그게 무슨 소리인지 잘 모르겠습니다."

─몬스터들이 타고 넘는 차원의 문을 제가 직접 넘었습니다. 그리고 그곳에서 해결책을 찾아왔지요.

화수는 자신이 떠나기 전 범세계적 위기대책회의의 수뇌부에게 차원의 틈에 대해 언급한 적이 있었다.

설마하니 그것이 진심이라고 생각지 않은 라이언은 입을 쩍 벌리고 말았다.

"그, 그렇다면 수뇌부회의에서 한 말이 그냥 가설이 아니었다는 말씀이십니까?!"

―예, 그렇습니다. 시간이 없어요. 이들은 제네시스 스쿼드의 수장만 잡아서 이곳을 떠날 것입니다. 그러니 백악관과 청와대 등에 이 사실을 알리고 협조를 구해주십시오.

라이언은 도대체 뭐가 어떻게 된 것인지는 몰라도 인류의 영웅인 화수의 얘기를 그대로 전파하여 할 도리를 다하기로 했다.

"좋습니다. 제가 직접 전화를 돌리겠습니다."

―감사합니다.

나사는 이계의 생명체를 아군으로 규정하고 이에 대한 사안을 각 나라의 기술 부서로 전달하였다.

같은 시각, 자운대에 모여 있던 위기대책회의 수뇌부들은 화수의 전언을 받았다.

이미 3차 세계대전이 일어나려던 찰나이기 때문에 수뇌부의 신경은 그 어느 때보다 곤두서 있었다.

이런 타이밍에 외계인들이 찾아온 것은 당황스러웠지만 화수가 말한 대책이 이렇게 제시되니 머리가 맑아지는 느낌이 들었다.

"설마하니 정말로 외계인들을 데려올 줄이야……."

"외계인을 믿을 수 있겠습니까?"

"어차피 외계인이 없으면 우리는 다 죽습니다. 이래 죽으나 저래 죽으나 마찬가지라는 소리죠. 하지만 강화수 준장이 있으니 조금은 안심입니다. 인류의 영웅이 설마하니 헛소리를 하지는 않을 것 아닙니까?"

"그래요, 그건 맞는 소리입니다."

미국은 가장 먼저 외계인의 수용을 선언하였다.

"우리 미국은 외계인들을 임시로 수용할 수 있는 방안을 생각해 보겠습니다."

그러자 그 뒤를 따라 모두 앞다투어 외계인들과의 연합에 찬성하였다.

"우리도 함께합니다!"

"우리도!"

"좋습니다. 그럼 강화수 준장을 믿고 한번 가봅시다."

각 나라의 수장들은 지금 즉시 정부에 연락을 취하여 외계인들을 수용할 수 있도록 조치를 취하였다.

*   *   *

이천만 마족군단은 고도로 발달된 문명을 토대로 제네시스 스쿼드의 일원과 그 수장을 찾아내는 데 성공하였다.

뱀파이어 부대는 제네시스 스쿼드의 끄나풀을 일거에 사로잡아 사살하는 임무를 하달 받았다.

미국 브루클린의 한 야적장으로 제네시스 스쿼드의 주축이라 할 수 있는 수뇌부 열 명이 승합차를 타고 달려왔다.

부아아아앙!

그들은 배를 타고 먼 바다까지 도망친 이후에 잠수함을 탈 생각이었다. 그렇지만 뱀파이어들의 추격은 상상 그 이상이었다.

전속력으로 달리던 승합차 위로 뱀파이어 전사들이 올라왔다.

파바밧!

콰앙!

그들의 착지 한 번에 승합차 지붕이 와락 우그러져 형체를 알아볼 수 없게 되었다.

끼이이이이익!

그 충격으로 인해 차가 비틀거리더니 이내 엎어져 전복되고 말았다.

쿠웅!

물론 그 안에 타고 있던 인원은 중상을 입거나 사망하여 더 이상 움직일 수 없는 상태가 되고 말았다.

뱀파이어 전사들은 검은색 장검을 뽑아 들었다.

챙!

제네시스 스쿼드의 수뇌부는 저마다 품에 갈무리하고 있던 권총을 꺼내 들었다.

"이런 괴물들이 과연 어디서 튀어나온 거야?!"

"그래봤자 총에 맞으면 죽겠지!"

타앙!

그들이 쏜 탄환이 뱀파이어 전사들의 머리와 심장에 날아와 박혔다.

퍽!

그러나 그들은 오히려 살의에 찬 미소를 지으며 다가왔다.

"클클클, 이런 장난감으로 우리를 죽일 수 있으리라 생각한 것인가? 상상력이 풍부해도 너무 풍부하군."

"허억!"

"으음, 상상력이 너무 풍부해도 그 인생이 고달픈 법이지!"

뱀파이어 전사는 자신을 쏜 남자의 머리통을 손으로 잡았다.

꽈득!

"아으으으윽!"

"죽어라!"

그가 힘을 주자 남자는 머리가 마치 수박처럼 산산조각이 나서 사방에 뇌수를 뿌리며 죽었다.

뱀파이어 전사들은 이제 남은 수뇌부를 모두 즉사시키기로 했다.

"사령관께서 이놈들을 즉결 처분하라고 하셨다. 모두 죽여라."

"그럼 먹어치워도 되는 겁니까?"

"물론이다."

"크하하하! 먹이다!"

뱀파이어들은 날카로운 이빨을 생존자들의 목덜미에 꽂고 그 피를 마음껏 음미하였다.

츕츕츕!

"크하아! 좋구나!"

"...끄으으윽!"

전사들은 그들의 피가 한 방울도 남지 않을 때까지 빨아 마신 후 그 시신을 불태워 버렸다.

*   *   *

마계군단 상륙 이틀 후, 이클린트의 은신처가 그들에게 발각되었다.

힘을 대거 잃은 이클린트는 이제 막 흑마석을 통하여 자신의 에너지를 충전하여 몬스터 군단을 소환할 생각이었다.

하지만 이미 마계군단장 이시스에게 두 팔이 잘려 더 이상 움직일 수 없는 몸이 되어버렸다.

이클린트는 이시스의 앞에 무릎을 꿇고 앉아 있었다.

"허억, 허억!"

"살기 싫으면 혼자서 죽든지, 왜 애먼 사람들까지 끌어들여 이 사달을 만들어내나? 네놈에겐 목숨이 그리도 하찮게 느껴지던가?"

"…어차피 그대로 있었으면 노예로 살다가 죽을 목숨이었다."

이시스는 이클린트의 목덜미를 거대한 손으로 틀어쥐었다.

픽!

"크허억!"

"네놈이 개발하다가 먹고 튄 오라클 시스템은 공화정을 위한 것이었다. 공화정만 이룩되어도 노예제도는 자연스럽게 혁파될 예정이었단 말이다. 그건 네놈도 잘 아는 사실이었을 텐데?"

"…그랬다면 나는 끝내 왕이 되는 꿈을 이루지 못한 채 죽었겠지."

"당연하다. 공화정이 있는 한 귀족회의나 마왕들은 그저 백성들을 지키기 위한 방패로 전락할 테니까. 하지만 그것은 아주 명예로운 일이다. 또한 우리 마족이 영원히 번성하기 위해 필요한 일이기도 하고."

"개소리. 너같이 야망도 없고 황제의 뒤꽁무니나 따라다니는 공화정주의자가 뭘 알겠나?"

이시스는 더 이상 그를 살려둘 수가 없었다.

스릉!

검을 높이 든 이시스가 그의 목을 치려는 찰나, 리베이든이 검을 막았다.

─잠깐.

"왜 그러십니까? 놈을 처단하는 데 무슨 문제라도……?"

─이놈을 죽이는 일은 인간들에게 맡겨야 하지 않겠나? 어차피 우리는 이놈만 처단하고 떠나면 끝이니 시간은 충분하지 않나? 이놈이 벌인 일들이 워낙 극악했다니 이대로 우리가 처단하고 시신을 가지고 떠나는 것은 옳지 않아. 최소한 인간들의 대표가 이놈을 처단하고 평화를 되찾도록 해주자고.

이시스는 리베이든의 말에 전적으로 동의하였다.

"그렇군요. 제 생각이 짧았습니다. 그대가 베십시오."

"그래도 되겠습니까?"

"인간의 대표가 죽여 종족의 원한을 갚는 것이 마땅하다고 생각합니다."

이시스는 화수의 곁에 있는 야차 중대에게 촬영을 부탁하였다.

"이놈을 처단하는 내용을 모두에게 중계하였으면 합니다."

"물론이지요."

다소 잔인한 장면이겠으나 이클린트의 죽음은 평화를 상징하는 축포가 될 것이다.

이시스는 화수에게 검을 넘겨주었다.

"우리 마족군단의 심장입니다. 원래는 두 자루인데 한 자루를 당신에게 드리지요."

"이, 이런 물건을 주셔도 괜찮겠습니까?"

"하하, 괜찮습니다. 어차피 한 자루는 명예를 상징할 뿐, 이제 저는 백성들을 지키는 방패가 될 겁니다. 명예는 어떻게 되어도 상관없지요. 그러니 기쁘게 받아주십시오. 제 마지막 명예를 당신이 지켜주는 겁니다."

화수는 깊이 고개를 숙였다.

"감사합니다. 이 검에 부끄럽지 않은 사람이 되겠습니다."

"그래요, 그래주십시오."

그는 검을 높이 들어 이클린트를 바라보며 외쳤다.

챙!

"범죄자를 처단하여 평화를 되찾자! 죽어라!"

서걱!

예리한 이시스의 검은 이클린트의 목에 닿자마자 부드럽게 관통하여 반대편으로 나왔다.

순간, 아직까지 숨이 붙은 이클린트가 화수에게 손을 내밀었다.

"…이런 제기랄!"

잠시 후, 그의 목이 바닥으로 떨어지며 이클린트의 몸이 서서히 허물어졌다.

털썩.

이시스는 그의 시신을 마계군단에게 인계하였다.

"이놈의 시신과 초대형 흑마석을 챙겨 다시 우리의 땅으로 되돌아간다."

"예, 알겠습니다!"

그는 마계군단을 이끌고 돌아갈 준비를 마쳤다.

그러곤 화수에게 악수를 청했다.

"인사할 시간이 충분치 않군요. 하지만 아쉽지 않습니다. 명예를 나누었으니 말입니다."

"감사합니다. 절대 잊지 않겠습니다."

"잘 있으십시오."

이시스는 마계군단을 이끌고 다시 마계로 되돌아갔다.

*　　　　*　　　　*

마계군단으로 인해 전 세계는 3차 세계대전의 위기에서 벗어나 다시 평화를 되찾았다.

이제 엘프족과 드래곤 일족은 이 세계를 떠날 준비를 하기로 했다.

자운대 수렵 사령부가 있는 대전으로 엘프족과 두 드래곤이 함께 내려왔다.

사람들은 드래곤 로드와 대현자의 본모습에 경탄하면서도 지금까지 그들을 오해해 왔다는 것에 진심으로 미안해하였다.

웅성웅성!

지금 수렵 사령부 인근에는 꽃다발과 꽃가루를 든 사람들이 환송 행렬을 준비하고 있었다.

화수는 거대한 몸집의 두 드래곤에게 감사의 인사를 전했다.

그는 넙죽 큰절을 올렸다.

"감사합니다! 이 은혜는 절대로 잊지 않겠습니다!"

그러자 그를 따라서 각 국가의 수장들이 함께 큰절을 올렸다.

인간들의 절을 받은 드래곤들 역시 거대한 고개를 끄덕여 인사하였다.

─고맙네. 그리고 미안하네. 자네들의 땅에 원치 않은 침입의 흔적을 남기게 되어 유감이야. 하지만 이 사건으로 인하여 인류가 다시 화합하고 새로운 인연을 맺게 되었으니 이 또한

기쁜 일 아니겠나?

"예, 맞습니다."

―아무쪼록 앞으로도 지금처럼 서로 돕고 화합하면서 지내게. 그리고 남은 몬스터들은 알아서 자연으로 동화될 테니 그것들로 이룬 산업에 적절히 이용하도록 하시게나.

"예, 알겠습니다."

루키엘드란과 아스타로스는 이곳에 뿌리를 박고 자생하는 몬스터들까지 전부 주살한 이후에 떠나려 했으나 인간들의 산업이 몬스터 코어에 많이 의지하고 있다고 판단하여 모두 살려두기로 하였다.

이제는 몬스터들의 위협을 적절히 이용하면서 살아갈 테니 큰 문제는 없을 터였다.

엘프족 역시 이곳을 떠나게 된 것을 몹시도 섭섭하게 생각하였다.

"우리가 살던 터전은 연합군사령부로 사용하게 되었다고 들었습니다. 어떻게 되었든 영광이군요."

"저희가 더 영광이지요."

화수는 족장과 손을 잡았다.

"잘 가십시오."

"잘 계십시오. 다시 만날 수는 없어도 잊지는 않겠습니다."

"저 역시."

루키엘드란은 이제 시간이 다 되었음을 알렸다.

—가세. 갈 길이 멀어.

"예, 알겠습니다."

그는 화수에게 준 자신의 심장을 다시 회수하여 온전한 심장을 완성하였다.

두근두근!

거칠게 고동치던 그의 심장이 일순간 마력의 소용돌이를 만들어냈다.

치이이이익, 지이이잉!

거대한 포털이 열리며 차원의 틈이 다시 모습을 드러냈다.

루키엘드란은 그곳으로 엘프 일족과 아스타로스를 되돌려보낸 후 마신의 강림을 기다렸다.

잠시 후, 대마신 베리알이 차원의 틈을 뚫고 나왔다.

"으허어!"

—오랜만이오, 황제.

"그러게 말이오. 이 얼마만의 재회요?"

—우리가 다시 만난다는 것은 그리 좋은 일은 아닐 터, 재회가 길었던 것은 어쩌면 다행 아니겠소?

"하하, 그렇구려."

이제 두 사람은 차원의 틈을 봉인하기 위해 서로의 심장을 모았다.

스스스스스스스!

검붉은 마기와 은빛 용언이 서로 뭉쳐 순백색 에너지의 응집을 만들어냈다.

그리고 그 에너지가 차원의 틈을 강타하였다.

콰아아아앙!

이제 차원의 틈이 깨져 무너져 내려 새롭게 복구되기 시작했다.

꽈드드드득!

두 사람은 늦지 않게 차원의 틈으로 몸을 밀어 넣었다.

꿀렁!

더 이상 차원의 틈은 열리지 않을 것이며, 지구로 찾아온 이방인들 역시 발걸음을 하지 못할 것이다.

*   *   *

차원의 틈이 봉인된 후 화수는 전역을 생각했지만 생각을 바꾸었다.

이시스가 건네준 검으로 이 세상을 끝까지 지키겠노라 다짐한 것이다.

그는 전 세계를 아우르는 연합군을 구성하고 세계 평화를 유지하기 위한 사령부를 세웠다.

이른바 지구연합이라 이름 붙은 이 다국적군에는 야차 여
단은 물론이고 레이시스의 용병단까지 가세하여 세력을 결집
시켰다.

유엔의 평화유지군과 조사단 등도 함께 세력을 합쳤고, 각
나라들은 이곳으로 지원금을 보내어 군비를 감당하게 하였
다.

이로써 전 세계는 앞으로 전쟁이 없는 세상을 만나게 된 것
이다.

앞으로 지구 연합군은 분쟁 지역으로 군사를 파견하여 전
쟁 난민들을 억제하고 최대한 대화로 사태를 해결할 수 있도
록 중재하게 될 것이다. 또한 도움의 손길이 필요한 곳이라면
언제든 병사를 파견하여 민생을 구제하게 될 것이다.

지구 연합군 사령부가 들어선 구 엘프족 자치령은 '지구연
합자치구'라는 새로운 이름을 받게 되었다.

앞으로 이곳은 연합군사령부가 단독으로 운영하는 새로운
땅으로 거듭날 계획이다.

지구 연합 사령부의 발족식이 거행될 행사장으로 전 세계
각지의 정치인과 언론이 모여들었다.

화수는 단상에 올라 아주 짧게 연설을 했다.

"우리는 수많은 고난과 역경을 견뎌냈습니다. 그러므로 더
단단해지고 끈끈해졌습니다. 이 화합의 장을 고스란히 안고

앞으로도 살아갈 수 있도록 노력해야 할 것입니다. 우리 지구 연합은 그런 인류에게 오로지 공헌하며 살아갈 것이며 그 초심은 절대 변하지 않을 것입니다. 우리 모두 좋은 세상을 만들어봅시다."

짝짝짝짝!

지구를 지켜낸 파수꾼 화수는 앞으로도 인류를 위해 공헌하면서 평생을 살아가게 될 것이다.

에필로그

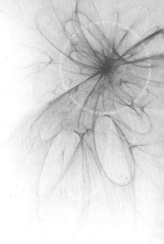

　서울 강남신도시의 결혼식장에 엄청난 인파가 몰려들었다.

　웅성웅성!

　오늘의 결혼식은 청첩장이 없고 식장에 오는 모든 사람에게 공짜로 식사가 제공되었다.

　축의금은 일절 받지 않고 덕담이 담긴 쪽지 한 장만이 축의금을 대신하였다.

　신부 대기실에 앉은 순백색 드레스의 그녀가 긴장된 표정으로 앉아 있다.

　"후우, 이것 참, 내가 결혼을 다 하게 될 줄이야."

그녀의 가슴속에는 왠지 모를 두려움과 설렘, 그리고 막연한 기쁨이 공존하고 있었다.

신부를 보러 온 사람들이 문을 벌컥 열고 들어섰다.

"부사령관님!"

"이야, 몰라보겠습니다!"

"…부끄러우니까 그만 쳐다봐."

"세상 참 오래 살고 볼 일입니다. 부사령관님 같은 선머슴도 결혼을 다 하다니 말입니다."

"닥쳐!"

지구 연합 사령부에는 총 세 명의 사령관이 있는데, 레이시스, 제이나, 최지하이다.

레이시스는 범세계적인 군사 문제를 담당하고, 제이나는 몬스터의 출몰에 대한 문제를 담당하였다.

최지하는 국제 빈민을 구제하고 재난 및 재해를 담당하였다.

이로써 부사령관들에 의해 지구 연합 사령부는 그 어떤 사태에 직면하여도 유연하게 대처할 수 있는 기반을 마련하게 된 것이다.

그 휘하로 군사령관 및 군단장들이 포진하여 군사령부와 군단, 사단 등을 관리하여 체계를 잡았다.

군사령부는 구호 활동과 몬스터 수렵까지 전담하기 때문에 그 규모가 지구에서 가장 거대하였다.

때문에 군사들을 관리하는 장교와 부사관 학교를 설립하고 그곳에서 해당 전문 인력을 키워내는 방식을 채택하였다.

또한 이들을 지탱하고 지구를 지키는 병사들 역시 훈련소와 전문학교 등을 거쳐 전문 인력으로 거듭나 배치되었다.

이로써 지구 연합 사령부는 철저한 전문성을 갖춘 최고의 군사 및 구호기구로서 거듭나게 된 것이다.

잠시 후, 지구 연합 사령부의 수장 화수가 문을 열고 들어왔다.

"어이, 나 왔어."

"…대장이 이곳을 찾아오다니, 얼굴이 화끈거려서 도저히 쳐다볼 수가 없군."

"하하, 사고는 제일 먼저 쳐놓고 민망하긴 한가 보지?"

"시끄러워."

그는 신부에게 상자를 하나 건넸다.

"받아."

"이게 뭐야?"

"예물을 교환하긴 했지만 우리 부대의 선물은 아직 못 받았잖아?"

상자 안에는 다이아몬드를 가공하여 만든 팔찌가 들어 있었다.

팔찌는 세계 최고의 디자이너가 무려 3개월 동안 독수공방 하면서 만든 희대의 역작이었다.

이것은 돈을 주고도 구할 수 없는 귀중한 물건이었다.

화수는 그것을 신부의 팔에 채워주며 말했다.

"잘 살아. 괜히 싸우지 말고."

"…내가 언제 싸웠다고 그래?"

"기동단장이 한량 기질이 있긴 하지만 그렇게 나쁜 사람은 또 아니잖아?"

"알았어."

그녀가 선물을 받을 때쯤, 손을 꼭 잡은 커플이 신부 대기 실을 찾아왔다.

"벌써 와 있었군요."

"수렵단장, 이제 왔나? 부사령관도 왔군."

김예린은 수렵의 실질적인 군사 행위를 관장하고 군사를 직접 지휘하는 수렵단장을 역임하고 있다.

그리고 그녀의 약혼자이자 부사령관인 레이시스는 군사적 충돌을 중재하고 다니느라 정신이 없었다.

때문에 두 사람은 최대한 빠른 결혼을 전제로 만나고 있었지만 날짜를 잡기가 그리 쉽지가 않았다.

하지만 그들은 엄청난 캐미를 뽐내며 주변의 부러움을 사고 있었다.

물론 동료들이 볼 때엔 닭살이 돋아 그 자리에 가만히 있을 수도 없을 지경이었다.

김예린이 레이시스의 엉덩이를 쓰다듬으며 말했다.

"한창 연애하는 사람들이 제 시간에 오면 그것도 좀 이상하지 않습니까?"

"후후, 맞아."

레이시스는 그녀의 얼굴을 손가락으로 스윽 쓸어내리며 말했다.

"만약 가능하다면 주머니에 넣고 다니고 싶다니까."

"후후, 그럼 당신은 홀쭉해져서 죽고 말 거야."

"흐흐, 그런가?"

동료들은 떨떠름한 표정으로 두 사람을 쳐다보았다.

"험험, 공공장소에선 애정 표현 좀 자중하시죠. 솔로들도 꽤 있습니다."

"뭐 어때? 어차피 자네들도 다 할 것 아니야?"

"…그건 그때 가서 한번 생각해 볼 문제입니다."

잠시 후, 문이 열리며 또 한 커플이 예식장으로 들어왔다.

"어이, 꼬맹이!"

"저 할망구."

예식장 안으로 들어온 사람은 바로 부사령관 제이나와 그 애인인 김태하였다.

김태하는 군사기술학교의 총장으로 역임하면서 최고의 사수들을 길러내는 중이다.

제이나는 김태하와 얼마 전부터 교제하면서 연상연하 커플로 거듭났다.

그녀는 신부에게 전자제품 쿠폰 뭉치를 건넸다.

"자, 받아."

"이게 뭐야?"

"뭐긴 살림을 차렸으면 채워 넣어야지."

"혼수 말이야?"

"으음, 말이 그렇게 되나? 아무튼 받아. 냉장고와 TV, 장롱 등을 좀 골라봤어. 이 정도면 한 20년 동안 전자제품 살 일은 없을 거야."

쿠폰에는 최고급 전자제품의 이름이 나열되어 있었다.

제이나는 친정어머니가 계시지 않은 최지하에게 나름 힘이 되고 싶어서 엄청난 금액의 혼수용품을 직접 장만한 것이다.

각 국가에서 수당이 어마어마하게 나오는 지구 연합군이기에 돈은 이미 넘치도록 많지만 그 정성은 돈으로 살 수 없을 것이다.

제이나는 그녀에게 어쩐 일로 덕담을 건넸다.

"잘 살아. 앞으론 행복하라고."

순간, 최지하가 눈물을 쏟았다.

"흑흑!"

"뭐, 뭐야? 내가 뭘 잘못했다고 울어?"

"…이 멍청이 할망구야, 슬퍼서 우는 것으로 보여?"

제이나는 슬그머니 미소를 지었다.

"잘 살아야 해, 우리 꼬맹이. 이 언니가 항상 지켜보고 있다는 것만 알고 있어."

그녀는 때마침 문을 열고 들어선 연합군 기동단장 황문식에게 불쑥 다가갔다.

연합군의 차량을 비롯한 모든 중장비를 총괄하는 황문식은 군 내에선 없어선 안 될 가장 중요한 인물 중 하나였다.

더군다나 전략전술부의 후방 타격 고문까지 맡고 있기 때문에 그의 직책은 더더욱 중요하게 거론되었다.

하지만 제이나의 입장에선 그저 한 명의 동료일 뿐이었다.

퍼억!

"으헉?!"

제이나가 그의 복부에 주먹을 꽂아 넣었다.

다짜고짜 복부를 얻어맞은 황문식이 고개를 갸웃거리자, 화수가 그를 바라보며 무언의 신호를 보냈다.

약 0.5초간 생각에 잠겨 있던 황문식은 이것이 어떤 의미인지 깨달았다.

"잘 살겠습니다!"

"그래, 잘 살아야 해."

황문식은 그녀가 최지하의 행복을 진심으로 빌어주는 의미에서 주먹을 쳤다는 것을 인지하였다.

평소엔 매번 싸우기만 하는 두 사람이지만 어느새 세월을 같이 보내면서 친자매, 혹은 모녀와 같은 관계가 된 것이다.

제이나는 환하게 웃고 있었지만 그 눈가는 어느새 촉촉해져 있었다.

"크, 크흠! 아무튼 사진 한 방 찍자고! 내가 사진사를 데리고 올게!"

그녀가 나가고 난 뒤 깔끔한 정장을 입은 성희가 들어왔다.

성희는 최지하에게 노란색 꽃다발을 건넸다.

"축하해요. 더 일찍 왔어야 하는데 뉴스 때문에 어쩔 수가 없었네요."

"괜찮아요. 본사 아나운서 국장님이 바쁜 것은 당연한 일이죠."

다시 본사로 복귀한 성희는 아나운서 국장과 9시 뉴스 앵커를 동시에 맡아 매일 바쁠 수밖에 없었다.

화수와 그녀 모두 바쁜 나날을 보내고 있지만 관계가 소원해지진 않았다.

최지하가 두 사람의 결혼에 대해 물었다.

"둘은 언제 국수를 먹여줄 거야?"

"맞습니다. 올해로 벌써 5년입니다. 더 이상 나이를 먹으면 중년에 시집, 장가 간다고요."

두 사람은 어깨를 으쓱해 보였다.

"글쎄요, 언젠가 기회가 된다면 하겠죠. 하지만 지금은 두 사람 모두 바빠서 도저히 짬이 안 나네요. 그리고 화수 씨 누님이 아직 식을 올리지 않으셔서 조금 더 기다린 후에 하려고요. 어차피 우리 둘만 사랑하면 결혼은 언제 해도 상관없으니까요."

"으음, 그래요. 최 앵커가 알아서 하겠지, 뭐."

잠시 후, 예식을 알리는 사회자 최산용의 목소리가 들려왔다.

─이제 곧 예식을 시작하겠습니다. 내빈께서는 모두 착석하여 자리를 빛내주시면 감사하겠습니다.

지구 연합군 비행단장에 내정된 최산용은 업무가 과중하여 과로로 며칠 입원했다가 결혼식을 치른다는 소식을 듣곤 링거를 꽂고 달려왔다.

잠시 후, 사진기를 든 무기 개발 관리본부장 정은우가 들어왔다.

"자자, 사진 찍을 테니까 어서 모여요!"

"그래, 모이자고."

"그럼 찍습니다! 하나, 둘, 셋!"

찰칵!

옛 야차 중대가 모두 모인 자리가 오랜만이니만큼 그들의 얼굴에는 환한 미소가 걸려 있었다.

화수는 앞으로 이런 자리가 더 많았으면 좋겠다고 생각했다.

*　　　　*　　　　*

예식이 끝난 후, 화수와 성희는 희수의 집이 있는 대전 둔산동으로 향했다.

"으앙, 으앙!"

"우쭈쭈, 착하지?"

"으앙!"

희수의 아파트 입구에서부터 날카로운 아이들 울음소리가 들려온다.

딩동!

벨을 누른 화수의 앞에 버선발로 나온 한 남자가 고개를 꾸벅 숙였다.

"형님 오셨습니까?!"

"진 서방, 오늘 쉬는 날인가?"

"예, 그렇습니다. 장비가 고장 나는 바람에 연구가 딜레이

되었습니다."

"그래, 쉬는 날인데 집에서 아이를 돌보고 있고, 내가 미안하군."

"아닙니다. 아이는 저 혼자 낳았나요? 같이 낳았으니 쉴 때는 제가 돌봐야지요."

"그런데 애들 엄마는 어디에 있어?"

"스킨케어 받으러 나갔습니다."

"뭐, 뭔 케어?"

"요즘 넷째를 낳고 피부가 푸석푸석하다고 푸념하기에 집 앞에 있는 피부 관리숍에 등록해 주었습니다. 처형께서 오실 때마다 아이를 맡기고 나간다고 하더군요."

"오늘은 자네가 쉬는 날이니 자네가 희생하는 것이고?"

"헤헤, 희생이라니요. 딸들을 돌보는데 무슨 희생입니까?"

"그러다가 과로로 쓰러지면 어쩌려고 그러나?"

"아닙니다. 저, 그 정도로 약하지 않습니다. 그리고 아직 20대이고요."

"뭐, 그건 그렇지만."

희수는 대학교를 들어가자마자 속도위반을 하여 첫째를 낳고 그 이후로 세 명을 더 낳았다.

연년생으로 넷을 낳다 보니 집안이 매일 전쟁터였다.

잠시 후, 집의 문이 열리며 장바구니를 든 지수가 들어섰다.

"어라? 언제 왔어?"

"방금. 그나저나 그건 다 뭐야?"

"뭐긴, 보면 몰라?"

지수는 한 손에는 장바구니를, 한 손에는 아이의 손을 잡고 있었다.

그녀의 손을 잡은 아이가 화수와 너무나도 비슷하게 생긴 이 집의 장남이었다.

"외삼촌!"

"잘 지냈어?"

"어라? 아줌마도 오셨네요?"

"그래, 잘 지냈지?"

"그럼요!"

이제 말문이 확 트인 화수의 조카는 곧 어린이집에 입학할 예정이지만 아직 전산 처리가 끝나지 않아 입교가 미뤄지고 있었다.

때문에 둘째와 함께 지수의 집에서 지내는 중이었다.

이윽고 지수의 등에 업혀 있던 둘째가 화수를 보고 아는 척을 했다.

"삼초오!"

"하하, 이 녀석, 많이 컸구나."

"클수록 언니를 닮아가네요. 딸은 고모를 닮는다더니 정말인 모양이에요."

"밖에 나가면 딸이냐고 물어봐. 아주 시집도 못 간 고모를 아줌마로 만드는 재주가 있다니까?"

워낙 아이가 줄줄이 있다 보니 집안의 온 식구가 아이들을 돌보느라 전쟁 아닌 전쟁을 치르는 중이다.

그나마 희수의 시어머니가 생존해 계셨다면 모를까, 시아버지와 시아주버니만 있다 보니 케어를 해줄 수가 없었다.

워낙 남자들끼리만 오래 살아서 아이를 돌보는 손이 서툰 그들은 와봤자 오히려 짐만 된다는 것을 잘 알고 선물만 사놓고 돌아가기 일쑤였다.

화수는 지수에게 흰색 봉투를 건넸다.

"자, 받아."

"이게 뭐야?"

"생활비에 보태 쓰라고."

"매월 생활비를 보내주잖아?"

"그냥 누나가 고생하는 것 같아서."

"애는 뭐 이런 것을……. 잘 쓸게. 애들 입힐 옷이나 몇 벌 사줘야겠다."

"그래도 되고, 기왕이면 누나 옷도 좀 사고."

"그럴게."

잠시 후, 현관문이 열리며 희수가 들어왔다.

그녀는 화수를 보자마자 두 팔을 벌리고 달려들었다.

"오빠!"

"이 녀석, 애는 안 보고 어디를 돌아다니는 거야? 진 서방이 오랜만에 쉬는데 집에서 애만 봐야겠어?"

"쳇, 오자마자 잔소리네! 그럴 거면 오지 마!"

"싫어. 잔소리를 해줘야 네가 더 잘할 것 아니야?"

"거참, 오빠는 우리 시아버님도 안 하는 잔소리를 하네. 어째 친정 식구들 올 때보다 시댁에 가는 것이 더 편할까?"

"그것도 네 복이다. 아무튼 진 서방에게 잘해."

"아이 참, 알았다니까!"

아이를 앞뒤로 매단 화수의 매부 진한영은 특유의 사람 좋은 미소를 지으며 말했다.

"헤헤, 형님, 제가 좋아서 하는 겁니다. 희수는 형님께서 잔소리하신다고 집에 들어오지도 말라고 하지만 제가 아이들을 보고 싶어서 매일 꾸역꾸역 들어오는 겁니다."

"흠, 그래?"

"형님이 걱정하실 필요 전혀 없습니다."

"뭐, 그럼 다행이고. 하지만 그래도 너무 몸을 혹사시키지는 말아. 자네가 쓰러지면 큰일이니까."

"예, 형님. 명심하겠습니다."

화수는 아이들을 데리고 오랜만에 식사를 하기로 했다.

"어차피 애들 밥도 먹여야 하니 저녁이나 먹자고."

"그래, 좋아."

"근처에 배달을 해주는 레스토랑이 있다니까 그곳에 주문하면 되겠군."

그는 매부에게 술을 권했다.

"자네는 한잔해야지?"

"아, 예, 물론입니다."

"좋아, 그럼 식사에 안주까지 더해서 한잔하자고."

화수는 이곳에 모인 가족들을 바라보며 미소를 지었다.

'좋군.'

티격태격하긴 해도 모이면 좋은 것이 가족이었다.

그는 오늘만 같다면 평생 고생을 해도 좋겠다고 생각했다.

*   *   *

늦은 밤, 어른들과 아이들 모두 깊은 잠에 빠져들었다.

"쿠울……."

"드르르렁!"

화수는 가족들을 뒤로한 채 아파트 베란다로 나와 담배에 불을 붙였다.

치익!

"후우!"

한 손에 담배를 잡은 화수가 지갑을 꺼내어 보았다.

지갑 한구석에 자리 잡은 빛바랜 사진 하나가 그의 시선을 잡아끌었다.

지갑에는 생전의 부모님이 환하게 웃고 있었다.

"아버지, 엄마, 이 정도면 잘하고 있는 거죠? 약속대로 가족들을 잘 지킨 것 같아요. 나중에 그곳으로 가면 칭찬 좀 해주세요. 잘했다고요."

어려서부터 사냥만 다녔고 아버지가 돌아가신 이후엔 두 남매를 건사하느라 청춘을 다 바친 화수에겐 학창 시절이 없었다.

친구들과 다른 삶을 살아온 화수이지만 후회는 없다.

부모님과의 약속을 지켰고 자신도 행복하기 때문이다.

잠시 후, 베란다 문이 열리며 성희가 들어섰다.

드르륵!

그녀는 문을 열자마자 화수의 손에 들린 담배를 잡아 껐다.

"담배는 몸에 해로워요."

"알잖아요? 나에겐 술, 담배가 해롭지 않다는 것을."

"알죠. 하지만 저와 아이에겐 해로울 것 같은데요?"

순간, 화수가 고개를 갸웃거렸다.

"네, 네?"

"화수 씨, 저 아이 가졌어요."

잠시의 정적. 화수는 약간 복잡한 심경에 사로잡혔다.

그녀는 화수가 어떤 과거를 가지고 있는지 잘은 모르지만 그가 아이에 대한 막연한 두려움이 있다는 것은 알고 있었다.

그렇기 때문에 마냥 기쁘게 그것을 말하지 못한 것이다.

화수는 고개를 푹 숙였다.

"사실대로 말하자면……."

"알아요. 당신이 어떤 상처를 가지고 있다는 것을요. 하지만 그 상처가 어디서 비롯된 것인지 모르겠어요. 그래도 우리의 아이는 사랑해 줄 수 있죠?"

"……."

그녀는 화수의 손을 꼭 잡았다.

"할 수 있어요. 우리는 좋은 가정을 꾸릴 수 있을 거예요. 당신은 지금까지도 가족을 잘 지켜왔잖아요?"

"…고마워요."

"아니요. 당연한 거예요."

화수는 전생의 딸 때문에 아이를 갖는 것이 두려웠지만 이제는 그 트라우마를 깨야 한다고 생각했다.

그는 이내 고개를 들어 환하게 웃었다.

"앞으로 제가 더 잘하겠습니다."

"저도요."

화수는 그녀를 품에 안으며 생각했다.

'네게 미안하구나. 하지만 이 또한 내 생명이니 잘 키우마. 너도 축복해 주었으면 좋겠구나.'

그는 환하게 웃으며 자신의 2세가 생긴 것을 마음껏 기뻐하였다.

이제 그에게도 진정 꽃피는 봄이 오려는 모양이다.

외전
흐린 기억 속의
그대

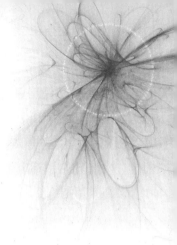

늦은 밤, 술에 취한 남자가 비틀거리며 산비탈을 오르고 있다.

"후우······."

폐부에서부터 올라온 술 냄새가 그의 콧잔등을 스치고 지나갔다.

그는 실소를 내뱉었다.

"후후, 이게 무슨 지랄이람?"

가진 것 없고 내세울 것 없는 그에게 술이란 유일한 돌파구였다.

그는 자신의 손에 쥐어진 독촉장을 바라보았다.

채무이행촉구서: 원금 1,013,123,443원에 대한 이자······.

상환 일자가 겨우 3일 남은 10억이라는 금액은 남자의 숨통을 매 순간 조여오고 있었다.

남자는 지갑 속에 있는 한 여자의 얼굴을 바라보았다.

"···미안하다."

그는 더 이상 피할 곳이 없다고 생각되었을 때 골백번이고 더 생각하던 그곳으로 올라왔다.

인적이 드문 동산의 가파른 비탈에 자신을 내던지는 것, 그것만이 유일한 길이라 생각한 것이다.

남자는 동네에서 가장 높은 절벽 위에 올라섰다.

휘이이잉!

대전의 전경이 그대로 내려다보이는 이곳에 서니 과거의 기억이 주마등처럼 스쳐 지나갔다.

어려서부터 가난하던 집안의 가장이 되어 이때껏 살아왔다.

치열한 전장을 거치면서 살아남은 그에게 돌아온 것은 빚더미, 그리고 병마뿐이었다.

만약 자신이 죽는다면 군에서 들어놓은 보험금이 알아서 뒤처리를 해줄 것이다.

"후후, 죽을 때가 되니 남는 것은 그 지독하게 싫은 군대에서 들어놓은 생명보험뿐이군. 이것으로 내 몫은 다 한 것인가?"

그가 죽고 나면 생명보험금과 함께 상이군인 연금이 일부

상환되어 나올 테니 깔끔하게 죽는 것도 하나의 방법이라는 확신이 들었다.

이제 그는 마침내 절벽을 타고 날았다.

스스스스스!

차가운 산비탈의 바람이 그의 얼굴을 간질였다.

그는 슬그머니 눈을 감았다.

'미안해, 누나. 끝까지 지켜주지 못해서 미안하다, 희수야.'

남자는 마침내 절벽 아래로 떨어져 내렸다.

멀쩡하던 공간에 조금씩 금이 가기 시작했다.

치지지지직!

그곳에선 한 남자의 비명 소리가 들려왔다.

*끄*아아아아아악!

그와 함께 공간의 틈에서 몬스터 두 마리가 툭 튀어나왔다.

거대한 이빨과 발톱을 가진 샤벨타이거들은 서로를 노려보며 눈싸움을 벌였다.

크르르르룽!

크아아앙!

마침내 놈들은 앞발을 들어 서로를 공격하며 싸움의 물고를 텄다.

퍼억!

앞발에 맞아 사방으로 녹색 피가 튀었지만 놈들은 개의치 않았다.

마치 소용돌이가 몰아치듯 서로 뒤섞여 살을 파고 뼈를 부러뜨리는 싸움이 계속되자 그 몰골은 점점 누더기가 되어갔다.

바로 그때, 놈들의 몸통 위로 한 남자가 떨어져 내렸다.

쿠웅!

크어어엉?!

크르릉?

워낙 뼈가 단단한 샤벨타이거이기에 사람 하나가 떨어져 내렸다고 해서 큰 타격을 입지는 않았다.

그러나 막상 절벽에서 떨어져 내린 그는 머리와 뼈가 충돌하여 그 자리에서 즉사해 버리고 말았다.

순간, 샤벨타이거들이 먹이를 앞에 두곤 미친 듯이 싸우기 시작했다.

퍼버버버벅!

골육상잔, 이곳은 그들의 혈옥이 되어갔다.

싸움이 계속되면 될수록 그 발에 짓이겨진 남자의 시신이 점점 훼손되어 갔다.

발이 치이고 돌부리에 부딪쳐 복부가 파열되고 내장이 사방으로 튀어 그 몰골이 차마 눈을 뜨고 쳐다볼 수 없을 지경이 되었다.

그럼에도 이 싸움의 승자는 정해지지 않았다.

쿵!

크으으응.

끄응.

워낙 격하게 싸우다 보니 먹이를 먹을 힘이 없어진 것이다.

결국 바닥에 쭉 뻗어버린 두 샤벨타이거는 숨이 끊어져 죽음으로 가는 길목에 들어섰다.

잠시 후, 샤벨타이거의 몸이 녹아 코어만 남게 되었다.

스스스스스!

두 놈의 코어는 상처가 난 아공간을 확장시켰고, 그 아공간에서 한 남자의 영혼이 툭 튀어나왔다.

끼이이이잉!

공간의 왜곡 현상이 벌어지며 남자의 영혼이 이미 주검이 되어버린 그의 몸속으로 들어가 버렸다.

뚜둑, 뚜두두둑!

순간, 그의 몸이 빠르게 재구성되어 심각하게 손상된 내장이 다시 복구되고 숨이 붙어버렸다.

"흐어어어억!"

아주 잠깐이지만 그의 생명이 되돌아오면서 흩어진 장기들도 제자리를 찾게 되었다.

하지만 그는 결국 숨이 끊어지고 말았다.

이 세상에 내장을 다 드러낸 채 방치되어 살아남을 수 있는 사람은 없었던 것이다.

휘이이이잉!

이제 이곳에 남은 것은 한 남자의 시신과 그 몸에 머물고 있는 영혼뿐이었다.

*   *   *

충남대학교 지하 영안실에 누운 화수의 앞에 한 여자가 섰다.

"……."

그녀는 긴 생머리에 붉은색 립스틱을 짙게 바른 보기 드문 미모의 소유자였다.

짙은 색기와 청순함이 공존하는 그녀의 몸매 역시 가히 작품이라서 뭇 남성들의 가슴을 불태웠다.

"…못난 사람 같으니."

순간, 그녀의 눈에서 눈물이 주르르 흘러내렸다.

그녀는 자신을 버리고 떠난 화수가 너무나도 미웠다.

자신이 보잘것없다면서 항상 스스로를 비하하고 경멸에 찬 말만 퍼붓던 화수이지만 그녀에게 있어서 그는 태양이었다.

하늘이었다.

그리고 전부였다.

지금 그녀가 흘리는 눈물은 아쉬움의 눈물도 아니고 막연한 슬픔의 눈물도 아니었다.

　이 세상 그 어떤 것보다 단단하고 깊은 절망의 눈물이었다.

　잠시 후, 장의사가 들어왔다.

　"어라? 유족이신가요?"

　"…그럴 뻔했죠."

　"네?"

　"아닙니다. 그만 나갈게요."

　이제 막 염을 하려던 장의사는 고개를 갸웃거렸다.

　"고인의 형제이십니까? 두 자매 말고도 연고가 또 있었나?"

　"아니에요. 죄송합니다. 잘 아는 지인인데 얼굴도 못 보고 간 것이 서러워서 그냥 인사라도 하려고 왔어요."

　"아, 예."

　"그럼."

　그녀는 소매로 눈물을 스윽 닦고 영안실을 나섰다.

　영안실을 나선 그녀는 곧장 지하 주차장으로 내달리기 시작했다.

　또각또각!

　적막이 흐르는 영안실 복도 사이로 그녀의 하이힐 소리가 울려 퍼졌다.

　"흑흑!"

서럽게 우는 그녀의 얼굴은 이곳에서 흔히 볼 수 있는 것이지만 그 짙은 화장은 좀처럼 어울리지 않는 것이었다.

때문에 그녀의 모습은 한 자매의 시선을 잡아끌었다.

"지나?"

"지나 언니가 왔어?!"

"그, 그런 것 같은데?"

두 자매는 자리에서 일어서려다가 그냥 다시 앉았다.

"…올 만하지."

"그런데 너무 서럽게 운다. 우리 오빠가 그렇게 좋았나?"

"그러니까 먼저 결혼 얘기를 꺼냈겠지. 화수는 애인이라고 생각하지도 않던데 말이야."

"불쌍한 지나 언니."

스치는 눈길, 지나는 두 자매의 얘기를 똑똑히 들었다.

하지만 그녀는 더 이상 그녀들에게로 눈을 돌리지 않았다.

'미안해요. 어쩌면 모두 다 내 탓이에요.'

그녀는 그대로 주차장을 따라 병원을 나가 버렸다.

*   *   *

며칠 후, 기적적으로 살아난 화수가 얼떨떨한 기분으로 병실에 앉았다.

"......"

그는 자신의 두 손을 올려다보며 웃었다.

"하하, 이것 참."

죽었다가 살아났지만 이것을 과연 기꺼워해야 할지 어째야 할지 고민에 빠진 화수로선 난감하기 이를 데 없었다.

잠시 후, 문이 열리며 동생 희수가 들어왔다.

그녀는 화수의 손을 꼭 잡으며 말했다.

"오빠, 잘 들어."

"응?"

"지나 언니."

"지나?"

"지나 언니가 왔었어. 너무 서럽게 울면서 가더라. 차마 장례식에도 못 오고 영안실에 누워 있는 오빠만 보고 갔어. 만약 그때 우리가 언니를 잡았더라면 오빠가 살아나는 모습을 보았을 텐데 말이야."

화수는 고개를 갸웃거렸다.

"지나? 지나가 누군데?"

"지, 지나 언니 몰라?"

"글쎄다."

화수는 자신의 기억을 더듬어보았지만 지나라는 여자에 대한 기억이 없다.

아니, 지나라는 여자에 대한 기억만 없는 것이 아니라 가족에 대한 기억, 군에 대한 기억을 빼면 딱히 기억나는 것이 별로 없었다.

　그나마 추억이 될 만한 것도 거의 다 잊어서 막막함만이 그를 감싸고 있을 뿐이다.

　희수는 입을 떡 벌렸다.

　"허, 허어! 그럼 지나 언니에겐 아예 전화도 하지 않았겠네?"

　"전화? 모르는 사람에게 어떻게 전화를 해?"

　"말도 안 돼."

　"뭐, 어찌 되었든 간에 내가 아는 사람이라면 언젠간 만나겠지. 너무 신경 쓰지 마."

　희수는 지나에 대한 얘기를 꺼내려다가 억지로 집어삼켜 버렸다.

　'이 멍청한 오빠야, 그 여자가 약혼녀야. 오빠는 아니라고 생각하겠지만 말이야.'

　그녀는 고개를 가로저었다.

　"에이, 나도 모르겠다. 아무튼 간에 언니가 또 온대. 그러니 정신 차리고 있어."

　"그래."

　화수는 오늘도 그저 천장을 올려다볼 뿐이다.

＊　　　＊　　　＊

10월의 어느 늦은 밤, 지나가 자양동의 한 카페에 앉아 있다.

"……."

카페의 조명부터 바닥까지 모든 것이 갈색인 이곳은 지나와 화수가 가장 좋아하던 곳이다.

그녀는 사진을 꺼내어 그의 얼굴을 만지작거렸다.

"…화수 씨, 기억나? 우리 여기서 새벽마다 밀회를 가졌잖아. 누나와 여동생은 신경도 안 쓰는데 혼자서 비밀로 해야 한다면서 마구 난리를 쳤잖아. 후후, 그때의 당신은 참 귀여웠는데."

서른 즈음, 동갑내기 화수를 술집에서 우연히 만나 호감을 표현한 그녀는 끈질기게 그를 따라다니며 애정 공세를 펼쳤다.

화수는 인정하지 않겠지만 그녀는 꽤 오래 그를 따라다니면서 수많은 추억을 만들고 연인들이 하는 것은 다 했다.

보통의 연인들과는 조금 다르긴 했어도 툭툭 내뱉는 화수의 애정 표현과 사랑의 말은 그녀의 마음을 흔들어놓았다.

하지만 화수가 군에서 퇴역하여 투병 생활을 하는 동안 점점 거리가 벌어져 거의 주변인처럼 맴돌기만 했다.

그러다가 그가 떠나고 이제 그녀만 남아 이렇게 추억을 더듬어보게 되니 화수가 너무나도 미워졌다.

"무심한 사람 같으니, 아무리 아프다고 나를 그렇게 밀어낼 수 있어요?"

지이이이잉!

그녀의 핸드폰이 울린다.

박서준

지나는 핸드폰을 반대로 뒤집어 무음 모드로 바꾸어 버렸다.

"제발 나 좀 가만히 내버려 둬."

박서준은 지나의 집안에서 정략을 맺은 유명 로펌의 전도 유망한 변호사였다.

법관 집안에 독일로 유학까지 다녀온 그는 한국에선 거의 따라올 자가 없는 스펙의 소유자였다.

집안도 좋고 머리도 좋고 학벌까지 좋으니 단연 으뜸 신랑 감이라 할 만했다.

하지만 지나에겐 몇 년 전부터 화수가 있었다.

그는 집안 차이 때문에 지나를 밀어냈지만 그녀는 화수와의 결혼을 진지하게 생각하고 있었다.

화수가 스스로 연인이 아니라고 미루는 것과는 반대로 박서준은 그녀를 약혼녀라고 자랑스럽게 떠들고 다녔다.

그녀는 매번 아니라고 따귀를 치고 침까지 뱉었지만 박서준은 꿋꿋했다.

이제 그가 죽었다는 사실까지 알게 되었으니 더욱 적극적으로 그녀에게 다가오려 애쓰고 있었다.

지나는 그런 박서준이 죽이고 싶을 만큼 싫었다.

"화수 씨, 도와줘요. 제발 도와줘요."

그녀는 오늘같이 이렇게 힘든 적이 없던 것 같다.

고개를 푹 숙이고 있는 그녀의 귓가에 불현듯 종소리가 들려왔다.

딸랑!

카페의 입구에 달아놓은 종이 흔들리면서 소리를 낸 것이다.

그리고 그 소리와 함께 익숙한 목소리가 들렸다.

"이 야밤에 무슨 치즈케이크야? 혹시……."

"거참, 지나가는 길에 사다 달라고 하면 좀 사다 줘. 대장은 다 좋은데 너무 투덜거리는 것이 문제야."

"문제가 아니고… 한번 생각을 해봐. 이젠 투병 생활도 안 하는데 무슨 치즈케이크야? 더군다나 집에서도 한참 먼 자양동이잖아? 끝에서 끝이라고."

"하여간 사람이 좀 이상하단 말이지. 이곳에서 회식을 했으니까 사다 달라고 하는 거잖아?"

"뭐 그건 그렇지만……."

"혹시 희수에게 남자친구가 생겼다고 질투하는 거야?"

"…뭐야?!"

"큭큭, 발끈하는 것을 보니 맞나 보네. 에라, 이 아저씨야.

질투할 것을 질투해라."

"끄응, 그게 아닌데."

순간, 지나의 동공이 더 커질 수 없을 만큼 팽창했다.

"어, 어어?"

그녀는 뭔가에 홀린 듯 자리에서 일어섰다.

'화수 씨?'

꿈에 그리던 화수가 자신의 앞에 서 있었다.

그것도 멀쩡한 상태로 평소와 다름없는 얼굴로 서 있었다.

그녀는 화수의 얼굴을 만지기 위해 다가가 버렸다.

하지만 두 사람은 이내 전화를 받으며 나갔다.

"…뭐야? 긴급 출몰? 이렇게 술을 많이 마셨는데?"

"아, 젠장! 대장, 그냥 가지 말까?"

"그건 또 뭔 말도 안 되는 소리야? 어쩔 수 없잖아?"

"큥."

"가자. 지금 전술 비행기가 바로 이 앞에 있대."

"큭큭, 그럼 전원이 술을 마신 채로 수렵에 나가는 거야?"

"가는 동안 깨겠지. 독일 프랑크푸르트에 있다잖아."

"아아, 그럼 상관없지, 뭐."

"가자. 어쩔 수 없어. 워낙 사건이 커서 말이지."

"그래."

두 사람이 밖으로 나가자마자 전술 비행기가 도로 한가운데 안착하였다.

휘이이이이잉!

지나는 미친 듯이 달려 나갔다.

"화수 씨!"

"손님, 나가시면 안 됩니다! 전술 비행 중에는 접근 금지라고요!"

"아, 안 돼요, 화수 씨!"

"법이 그래요! 나가시면 안 된다고요!"

"흑흑, 화수 씨!"

화수는 점점 더 멀어져 아예 시야에서 사라져 버렸다.

"이럴 수가……!"

야차 중대의 모든 프로필은 암호화되어 보관되기 때문에 그 어떤 인맥이 있다고 해도 그 소재를 파악할 수 없었다.

이번에 인연이 닿지 않는다면 평생 그를 보지 못할 것이다.

그녀는 그 자리에 털썩 주저 않았다.

"……."

"괘, 괜찮으세요?"

"…아니요. 그러니 건드리지 마세요."

"아, 예."

멍해진 그녀는 한참 동안 그 자리에 머물러 있었다.

＊   ＊   ＊

추운 겨울이 다가와 거리를 얼어붙게 만들었다.

휘이이이잉!

화수는 중대원들과의 회식을 앞두고 담배를 피우기 위해 대전 둔산동에 서 있었다.

"후우, 춥군."

내공이 자라나 인간의 경지를 뛰어넘은 화수이지만 살갗에 느껴지는 추위는 가늠이 되었다.

가만히 서서 담배를 피우고 있는 화수의 눈동자 앞에 있는 여자 역시 두꺼운 외투를 걸치고 있었다.

하지만 그 외모가 가히 감탄을 자아낼 만했다.

'뭐야? 대전에 저런 미녀가 있었어?'

제아무리 목석같은 화수라고 해도 여자를 바라보는 시선은 뭇 남성들과 다를 바가 없었다.

가만히 그녀를 바라보며 감탄하던 화수는 순간 가슴이 시려오는 것을 느꼈다.

퍽, 퍽, 퍽!

뭔가 자꾸만 그의 가슴을 마구 두드려 심장이 깨져 버릴 것만 같았다.

'뭐지? 왜 자꾸만……'

바로 그때, 그녀가 가던 길을 멈추고 우뚝 서서 화수를 바라보았다.

그녀는 화수를 바라보다가 이내 눈물을 쏟았다.

"화, 화수 씨?"

"……?"

순간, 화수는 숨이 막혀 더 이상 움직일 수가 없어졌다.

이제 그는 숨을 쉴 수도, 움직일 수도, 심지어 눈을 깜빡일 수도 없었다.

태어나 처음으로 느껴보는 이 먹먹함, 도대체 어디서 온 것인지 가늠할 수가 없었다.

그녀는 말없이 화수에게 목걸이를 하나 건넸다.

화수는 그녀가 건넨 목걸이를 받았다.

목걸이를 열어보니 딱딱하게 앉아 웃고 있는 화수와 그의 목에 두 팔을 감은 그녀의 모습이 들어 있다.

"사진, 기억나?"

"…아니요."

"나에 대한 기억이 아예 없어?"

순간, 화수는 머리가 깨질 듯이 아파오는 것을 느꼈다.

끼이이잉!

"으윽!"

머리를 부여잡은 화수가 휘청거리자 그녀가 그를 부축하였다.

"화수 씨……."

그때였다.

화수의 눈앞으로 지나라는 여자에 대한 기억이 스쳐 지나 갔다.

"지나……."

"…이제야 기억나는 거야?"

이제야 그녀에 대한 기억이 떠올랐다.

아주 선명하게 떠올라 가슴을 마치 칼로 후벼 파는 것 같았다.

그녀는 화수에게 환하게 웃으며 물었다.

"잘 지냈어?"

"응, 그럭저럭."

"TV에 나오는 것 봤어. 정말 잘 지내는 것 같더라. 이젠 내 가 감히 넘볼 수 없는 남자가 되었던데?"

"…그런 소리 하지 마."

미칠 듯한 고통이 그의 심장을 엄습해 도저히 견딜 수가 없 었다.

"아무튼 만나서 반가웠다. 그럼……."

"잠깐."

그녀가 화수의 옷자락을 잡았다.

"…우리 그냥 이대로 헤어지는 거야?"

"……."

화수는 그 자리에 망부석이 되어 우뚝 멈추어 섰다.

그리고 더는 아무런 말도 할 수가 없었다.

"난……."

바로 그때, 하늘에서 눈이 내렸다.

눈에는 두 사람의 진한 추억이 묻어 있었다.

"기억나? 내가 당신에게 도둑 키스를 했을 때도 이렇게 눈이 왔잖아."

"그랬지."

"그때 당신이 나에게 미쳤냐고 호통을 쳤을 때, 솔직히 상처받았어. 아무리 목석같은 남자라도 먼저 키스를 한 여자에게 미쳤냐고 하다니, 그게 어디 할 소리야?"

화수는 실소를 흘렸다.

"후후, 그땐 어쩔 수 없었어. 알잖아, 내 상황."

"그건 핑계야. 항상 그런 식으로 빠져나갔지만 사실은 쑥스러웠던 거지?"

"…뭐?"

"아니야?"

"험험, 그거야……."

화수는 그녀와의 만남이 너무나도 반갑고 기쁘고 즐거웠다.

웃음꽃이 핀 화수에게 그녀가 물었다.

"오늘 뭐 해?"

"회식."

"그럼 회식 끝나고는?"

"글쎄다."

"역시 단답형이네."

그녀는 화수의 주머니에서 핸드폰을 꺼내 자신의 주머니에 넣고 자신의 핸드폰은 화수의 주머니에 넣었다.

화수는 황당하다는 듯이 그녀를 바라보았다.

"…뭐야?"

"뭐긴, 오늘 새벽에 술 한잔하자고. 어때? 싫어?"

그는 스르르 미소를 지었다.

"술 좋지."

"대신 취할 때까지 마시지 마. 기다릴 테니까."

"당연하지."

화수와 그녀의 얼굴에 오랜만에 같은 미소가 피어올랐다.

『현대 천마록』 완결

초대형 24시 만화방

신간 100%, 샤워실, 흡연실, 수면실(침대석), 커플석, 세탁기 완비

■ 시흥 정왕25시점 ■

경기 시흥시 정왕동 1742-13 미스터피자 건물 5층
031) 319-5629

■ 강북 노원역점 ■

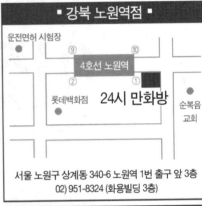

서울 노원구 상계동 340-6 노원역 1번 출구 앞 3층
02) 951-8324 (화용빌딩 3층)

■ 일산 정발산역점 ■

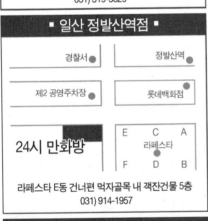

라페스타 E동 건너편 먹자골목 내 객잔건물 5층
031) 914-1957

■ 일산 화정역점 ■

경기도 고양시 덕양구 화정동 984번지 서일빌딩 7층
031) 979-4874 (서일사우나 건물 7층)

■ 부천 역곡역점 ■

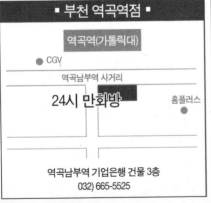

역곡남부역 기업은행 건물 3층
032) 665-5525

■ 부평역점 ■

(구)진선미 예식장 뒤 한신포차 건물 10층
032) 522-2871